LE MALHEUR DU BAS

INÈS BAYARD

LE MALHEUR DU BAS

roman

ALBIN MICHEL

À Geneviève Combas Boteilla

« On ne peut vivre longtemps dans la frénésie. La tension était trop forte en ce monde qui promettait tant, qui ne donnait rien. »

Georges Perec, *Les Choses.*

Le petit Thomas n'avait pas eu le temps de finir sa compote. Sa mère ne lui avait laissé aucune chance. La vitesse à laquelle le poison s'était diffusé dans son sang lui avait simplement permis de ne pas trop souffrir au moment de mourir. Seul le corps de Marie était resté droit, solidement enfoncé dans le dossier de sa chaise, la tête basculée vers l'arrière. Sûrement avait-elle lutté pour qu'on le remarque. Laurent avait été le premier servi. En découvrant ces trois corps livides et figés autour de la table, peu de personnes auraient pu imaginer la chaleur des rires envahir la pièce quelques secondes avant que le drame ne se produise.

Marie n'avait éprouvé aucun remords et, en dehors de son geste final, il n'y avait aucune trace de violence physique. Chaque objet était resté à sa place habituelle, les odeurs épicées et aigres du repas flottaient encore dans la cuisine, les serviettes en tissu à peine tachées, la carafe d'eau fermement posée au centre de la table.

Toujours installé sur son rehausseur, le visage de l'enfant s'était renversé dans son assiette contenant les derniers restes qu'il ne voulait pas finir. Ses petits doigts potelés pendaient dans le vide. Les poings de Marie étaient, eux, posés à plat. Il n'avait existé qu'un seul drame dans sa vie, suffisamment fort pour passer à l'acte. Son visage semblait enfin apaisé. Ses traits s'étaient relâchés, son corps entièrement libéré de toute souffrance inutile. Elle était enfin devenue la femme de la situation. Une de celles qui parviennent à maîtriser leur propre histoire. Son mari avait beaucoup souffert. Il avait senti ses poumons se remplir de sang, sa respiration ralentir et son larynx se bloquer par les convulsions de sa chair humide. Tombé de sa chaise, il avait rampé pendant de longues minutes, crachant des litres de sang et de vomi sur le carrelage blanc de la cuisine. Mais il n'était pas mort. Seul survivant, il fut évacué quelques heures plus tard en urgence, toujours entre la vie et la mort. Durant les premières secondes de ce chaos infernal, sa femme, qui n'avait pas encore touché à son repas, l'avait regardé s'effondrer à terre, avant de donner les premières cuillerées empoisonnées à son fils. Elle ne voulait pas d'effusion de sang. Du sang, il y en avait eu assez. L'empoisonnement lui avait paru l'idée la plus judicieuse. Le téléphone de Laurent avait continué à vibrer sur le comptoir de l'entrée. Peut-être aurait-il su la vérité avant d'engloutir sa première bouchée.

Le quartier de Charonne avait été bloqué par les forces de police. Une simple précaution. Les enquêteurs avaient rapidement compris ce qu'elle avait fait. Les deux corps furent détachés de leur chaise. La raideur des membres avait obligé les médecins légistes à les détendre par une injection avant de les emballer dans les housses sous les regards sidérés des voisins de palier.

Marie avait déjà envisagé de tuer son fils, plusieurs fois et de façons différentes. Elle était très déterminée. Jour après jour, le regard faussement innocent de cet enfant avait poussé sa conscience au meurtre. Mais les circonstances avaient fait qu'elle n'avait pas pu aller jusqu'au bout avant, en grande partie pour des questions pratiques. Elle avait tué son petit garçon et ce n'était là que justice.

Avant toute révélation qui provoquerait les premiers jugements, prenons le temps d'apprécier un instant la silhouette de cette femme morte entourée des siens, la seule à être restée droite autour de la table.

Comme tous les lundis matin, Marie sera en retard de cinq minutes au bureau. Depuis six ans elle sait que cela ne changera pas. C'est simplement devenu un élément de plus dans sa routine quotidienne. Laurent s'agite dans la cuisine, une tasse de café tiède entre les mains. Marie le regarde avec la même tendresse qu'il y a dix ans. À cette époque, les choses n'étaient pas si différentes. Ils s'étaient rencontrés à une soirée étudiante organisée par un ami commun. Marie, jeune fille timide et réservée, n'avait pas immédiatement donné suite aux avances de Laurent. Il avait dû user de beaucoup de persévérance pour qu'elle lui accorde un premier rendez-vous. Ils se sont mariés trois ans plus tard à Bois-le-Roi, entourés de l'affection de leurs deux familles et de leurs amis.

Ce fut dès le début un bonheur simple, un amour suffisant pour ne plus penser qu'à soi-même. Elle prend soin de lui, l'encourage dans ses projets, le réconforte quand il doute, l'aide à chercher ses dossiers chaque matin pour qu'il ne soit pas en retard au cabinet. Laurent a pour Marie un amour sincère et profond, mais il n'est pas aussi attentif envers elle qu'elle l'est envers lui. Ce n'est pas un couple capable de se comprendre au premier regard. Il faut qu'ils discutent, qu'ils développent, qu'ils argumentent. Laurent a intégré depuis quatre ans un grand cabinet d'avocats spécialisé dans les affaires de succession et de divorce. Sa journée de travail commence à 9 heures et se prolonge souvent tardivement. Marie comprend son ambition, elle ne le juge pas. Elle gagne moins bien sa vie que lui, mais elle aime son travail à la banque. Quand elle arrive le matin à l'agence place de la République, elle se sent utile, reconnaissante de son engagement à aider les autres, à leur prodiguer des conseils, à leur fournir des propositions. L'argent n'a jamais éveillé en elle de grands désirs, mais elle est heureuse de mener une vie confortable avec son mari.

Peu de temps après leur mariage, Laurent et Marie ont décidé de s'installer dans un grand appartement situé sur le boulevard Voltaire, dans le XIe arrondissement de Paris. La convivialité du quartier les a immédiatement séduits. De nombreux commerces et boutiques bordent les grandes arcades de la place de la Nation jusqu'à la place de la République, les odeurs des poulets de la rôtisserie du quartier envahissent souvent leur appartement à l'heure du déjeuner, la sonnerie des bus retentit à chaque carrefour où le petit marché du dimanche se déploie dans les cris et l'agitation. Ils aiment Paris depuis toujours et ont entretenu au fil des années de nombreuses amitiés, une vie sociale intéressante et riche. Laurent évolue dans un cercle plus mondain que celui de Marie. Suite à une affaire très médiatisée de divorce entre une ancienne star du football et une actrice populaire, il s'est déjà forgé une solide réputation dans certains milieux journalistiques. Bien des soirs, Marie et lui sont invités à des soirées privées où le Paris intellectuel et le Paris business flirtent. Marie n'est jamais mal à l'aise. Elle est fière de pouvoir accompagner son mari, usant de son charme discret pour séduire son entourage. Sans bruit, immergée dans la douceur de son quotidien, elle veille à ce que tout soit sous contrôle sans pour autant le faire remarquer à qui que ce soit. C'est elle qui prend soin du foyer conjugal. Son éducation marquée par l'amour inconditionnel de ses deux parents l'a protégée des vastes tourments de l'enfance et de l'adolescence. Bien sûr, il lui est souvent arrivé de faire face à certaines situations complexes ou compromettantes, mais elle n'a jamais éprouvé la sensation de perdre un seul instant la maîtrise de sa vie.

L'automne est la saison préférée de Marie. C'est une période poétique. Les platanes du boulevard Voltaire perdent leur feuillage orangé sur les trottoirs, l'air est frais, mais peu humide, le ciel bleu azur. Les rayons du soleil éclairent une partie de la cuisine. Marie regarde sereinement par la fenêtre. « C'est vraiment joli. Tu as vu toutes ces couleurs ? » Laurent ne répond pas. Il cherche désespérément son dossier de la veille. Marie sourit quand elle s'aperçoit qu'il est juste en face de lui sur le buffet de la cuisine. Elle se déplace pour le lui donner, un sourire au coin des lèvres. Laurent la regarde, amusé, puis l'embrasse avant de partir en vitesse au travail. La routine rassure Marie. Elle sait ce qu'elle a à faire avant d'y penser et cette situation que certains pourraient trouver aliénante ne l'a jamais dérangée. Marie termine son café. Elle part à 8 h 45.

À peine dehors, elle perçoit l'agitation du matin, celle de la France qui travaille, celle qui se tient encore debout. Marie est consciente qu'elle n'a jamais eu besoin de lutter pour s'en sortir. Née dans une famille bourgeoise aux valeurs traditionnelles, choyée en permanence, encouragée et orientée dans chacun de ses choix par ses deux parents, elle ne peut réellement comprendre les dérives de l'âme. Ce n'est pas un manque de compassion. Souvent, elle se met à la place de l'autre, de ses clients pour comprendre les véritables enjeux de leur vie, ce qu'ils risquent, ce qu'ils peuvent perdre ou gagner. En sortant de la station de métro République, elle n'a que quelques minutes à marcher pour arriver à l'agence à 9 h 05. Ses collègues sont toujours chaleureux avec elle. Ils la saluent en souriant, lui proposent de prendre un café avant ses rendez-vous, lui demandent des conseils avisés. Marie est conseillère en patrimoine financier. Sa place est privilégiée. Elle est bien placée dans la hiérarchie de la banque. Ses clients l'aiment beaucoup. Ses tiroirs sont remplis de cadeaux en tout genre : boîtes de chocolats, bouteilles de vin, conserves faites maison, foulards… Quand elle rentre le soir après son travail, Marie aime parler à son mari des petites histoires du jour avec amusement ou des altercations auxquelles elle doit parfois faire face. L'argent est au centre de tout son travail. Son fonds de commerce est constitué essentiellement de personnes ayant des revenus suffisamment importants pour envisager des placements intéressants. Le lundi matin, Marie doit toujours regarder les comptes de ses meilleurs clients pour connaître les détails de certaines transactions. Sur son vaste bureau sont posées des photos encadrées d'elle et de Laurent en vacances, de sa famille, de sa sœur et de son neveu, de sa défunte grand-mère. Elle pense soudain qu'elle ne les voit pas assez. Ses parents habitent depuis sa naissance une grande maison à Bois-le-Roi, à seulement quelques kilomètres de Paris. Sa sœur vit avec son mari et son fils dans le IXe arrondissement, au cœur du quartier Saint-Georges. Très proches l'une de l'autre, elles doivent déjeuner ensemble aujourd'hui.

Son téléphone commence à sonner. Monsieur Collard ne comprend pas pourquoi le virement qu'il a demandé n'est toujours pas passé. Madame Siris voudrait savoir si elle peut utiliser l'argent de son assurance-vie pour offrir une nouvelle voiture à son fils à l'occasion de son anniversaire. Madame Frousard se demande si son mari sera encore d'accord pour lui faire la donation qu'il lui a promise à leur divorce. Chaque client a son problème et Marie sait exactement comment le régler. Les heures défilent. Les rendez-vous se succèdent. Au loin, les échos des manifestations contre le projet de loi ouvrant le mariage aux homosexuels retentissent dans tout Paris. Par la fenêtre de son bureau, Marie observe ces centaines de milliers de personnes battre le pavé, brandissant d'immenses drapeaux roses et bleus autour de la place de la République. Ses parents lui ont dit avoir songé à participer à ce mouvement, mais n'ont finalement pas pu se rendre sur place à temps. Laurent aussi est contre. Comme beaucoup d'enfants français, Laurent et Marie sont baptisés, ont suivi des cours de catéchisme et sont allés quelquefois à la messe le dimanche matin ou certains jours de fête avec leurs parents. Pour Marie, cette loi est une question de religion et de principe. « Ils ont raison quand même ! Le mariage, c'est un homme et une femme, ça a toujours été comme ça. Même certains homosexuels sont contre cette loi. » Marie regarde sa cliente en souriant. Elle trouve sa remarque limitée, mais préfère se reconcentrer sur son contrat d'assurance-habitation.

Il est midi. Marie quitte l'agence pour rejoindre sa sœur Roxane dans une brasserie de la rue de Bretagne. Toutes les rues attenantes à la place de la République sont encore bloquées par le dispositif policier. En regardant le journal télévisé la veille, Laurent a confié à Marie qu'il avait de plus en plus de mal à supporter les manifestations incessantes à Paris. Marie, elle, trouve ça rafraîchissant. Elle ne participerait sûrement jamais à aucun mouvement de contestation, mais elle apprécie que les autres le fassent pour elle.

Roxane est assise en terrasse avec son bébé installé dans la poussette. C'est son jour de repos. Marie est heureuse de la voir, elle l'embrasse et s'installe près d'elle. Le nourrisson pousse quelques gémissements avant que Roxane ne lui donne son biberon. Marie regarde l'enfant avec tendresse, le caresse, le gratifie de surnoms affectueux. Roxane lui raconte leurs dernières vacances avec Julien à Rome. Pendant leur séjour, son fils est resté chez ses grands-parents qui n'attendaient rien d'autre que de pouvoir s'en occuper. Tout le monde dans la famille se demande ce que Laurent et Marie attendent pour accueillir leur premier enfant. Elle a trente et un ans, lui trente-trois. Il ne peut pas y avoir de moment plus propice pour fonder une famille. Elle n'a seulement pas eu le temps d'y penser. Leurs carrières respectives ont mis du temps à s'accomplir et leur ambition a d'abord concerné le travail. « Fais attention, après tu vas être trop vieille ! Tu ne veux pas qu'ils t'appellent mamie ! » Roxane a eu son premier enfant à vingt-quatre ans. Elle semble heureuse, mais fatiguée. La fatigue, on en parle, mais on n'en fait jamais toute une histoire. Le bonheur d'être parent suffit pour que les autres comprennent qu'il faut se lancer dans l'aventure. Il est 13 heures. Marie et Roxane sortent du restaurant. Elles se quittent dans une longue accolade, se promettent de s'appeler très vite.

C'est la fin de sa journée. Le soleil commence tout juste à se coucher. Marie longe la rue du Temple pour faire quelques courses au Monoprix. Elle voudrait préparer un bon repas pour Laurent ce soir. Elle aura peut-être le temps pour une blanquette de veau. Le vent d'automne fouette agréablement son visage. Les gens se pressent à l'entrée des magasins. Personne ne semble s'attarder à un endroit. Comme si tout le monde s'était concerté pour former des mouvements inverses. L'immobilité n'existe pas à Paris. Elle reprend son vélo qu'elle avait laissé la veille près de l'agence à cause de la pluie, pose ses courses dans le petit panier placé devant et part vers le boulevard Voltaire.

Laurent n'est pas encore rentré. Cela lui laisse encore quelques heures pour préparer le repas. Elle sait qu'il sera fou de joie de pouvoir déguster son plat préféré en rentrant à la maison. En épluchant les légumes sur le plan de travail de la cuisine, Marie repense à ce que sa sœur lui a dit lors de leur déjeuner. Elle pense à la maternité. Enfant déjà, elle savait qu'elle serait maman et passait son temps à s'occuper des petits baigneurs que ses parents lui offraient à Noël. Elle se sent maintenant prête à avoir un enfant avec Laurent et c'est peut-être pour cette raison qu'elle a eu l'idée de préparer ce repas pour eux ce soir. Elle voudrait arrêter la pilule et commencer une vie de famille. Il est 20 h 30. Le temps lui semble passer si vite. La blanquette de veau mijote, la table est dressée. Marie reconnaît toujours les gestes de Laurent quand il rentre le soir. Il jette ses clefs sur le buffet de l'entrée, accroche son manteau à la patère, fait trois pas avant de se rendre compte qu'il n'a pas fermé la porte d'entrée, la ferme, puis crie le prénom « Marie ! » pour s'assurer de sa présence.

À son sourire et à son pas pressé, Marie sait qu'il a une bonne nouvelle à lui annoncer : « J'ai décroché le dossier Lancarde ! » Elle se réjouit, le prend dans ses bras pour le féliciter. Ils s'enlacent tendrement, s'embrassent, se regardent. Il la soulève puis la dépose délicatement sur le buffet et l'embrasse encore. Gérard Lancarde, un riche industriel, s'est spécialisé dans le commerce du plastique en Europe. Son père, fondateur des entreprises Calcum depuis plus de cinquante ans, devait céder à son fils plus de la moitié des parts de la firme au moment de son départ officiel à la retraite. Seulement, quelques années avant la succession, il s'est remarié avec une chanteuse russe très populaire dans son pays à qui il a légué une part importante de ses actions contre l'avis de son fils. Laurent est encore sous le choc de sa propre annonce : « Je ne sais pas si tu imagines, chérie. Ce contrat représente des centaines de millions d'euros de succession et il m'a choisi moi, personnellement ! Je n'arrive pas à y croire. » Marie est sincèrement heureuse pour lui. Laurent s'approche de la cocotte encore fumante. Son attitude enfantine, sa façon de soulever le couvercle lentement pour humer la viande en fermant les yeux attendrit Marie. Mais elle repense soudain à son désir d'enfant. Avec ce nouveau contrat, Laurent n'aura peut-être plus le temps. Une légère douleur à l'estomac traverse son corps.

Après une heure à expliquer son affaire en détail, Laurent semble n'avoir rien remarqué de son tourment. « Tu sais, chéri, j'ai vu ma sœur aujourd'hui. Qu'est-ce qu'il est mignon Guillaume. Tu verrais, il a encore grandi ! » Laurent est réceptif, mais ne fait pas le rapprochement avec leur situation et continue de manger. Face à cette impasse, Marie décide de se lancer franchement : « J'ai envie d'avoir un enfant. Je pense que c'est le bon moment, je pense que l'on peut fonder notre famille maintenant. Je le sens, je suis prête. » Laurent laisse un morceau de viande tomber de sa bouche. Abasourdi par la nouvelle, son visage est blême. Il n'y avait pas pensé. Du moins, il n'avait pas eu le temps d'y songer. Un silence s'installe. La respiration de Marie se bloque un instant, elle attend sa réponse pour pouvoir reprendre son souffle. Laurent sourit, se lève de sa chaise et l'embrasse à pleine bouche. « Ma chérie. Je veux ! Bien sûr que je veux avoir un enfant de toi ! » Le corps de Marie s'assouplit, envahi d'un soulagement et d'une joie intenses. Il lui semble n'avoir jamais été aussi légère, chaque parcelle de son être s'enivre, se libère agréablement de toute pression. Elle a envie de le crier sur tous les toits de Paris, d'appeler ses parents, sa sœur, ses collègues, ses clients pour leur annoncer la grande nouvelle avant même d'être enceinte.

Ce soir-là, après avoir dégusté la blanquette de veau, Laurent et Marie vont se coucher l'un contre l'autre, enlacés dans l'exaltation de leurs projets.

La décision d'avoir un enfant avec Laurent a plongé Marie dans un état de gaieté permanent. Pédalant sur le boulevard du Temple, elle se rend brutalement compte à quel point elle a de la chance d'être cette femme. Elle aime son travail, vit avec un mari qu'elle adore, ne manque de rien, va accueillir son premier enfant dans peu de temps. Elle imagine les repas en famille à Bois-le-Roi avec Laurent et leur bébé. Les nouvelles photographies qu'elle pourra poser sur son bureau et montrer, triomphante, à ses clients. Les longues promenades au jardin du Luxembourg, la fierté que ce sera pour elle d'avancer avec sa poussette vers le grand bassin central. Elle sera une mère aimante et attentionnée comme l'a été sa propre mère. D'un seul coup, il lui semble croiser plus d'enfants que d'habitude. Autour d'elle, un ballet de poussettes et de petites silhouettes inonde les avenues. Pressées, le regard alerte, les mères s'engagent résolument dans la première étape de leur marathon : accompagner les enfants à l'école, les embrasser en les quittant, s'assurer de loin qu'ils entrent bien dans l'établissement.

Marie arrive à l'agence à l'heure. Elle sait que ce vendredi sera une journée plus pénible que d'habitude, car a lieu la réunion trimestrielle des résultats de ventes. Elle n'est pas une très bonne commerciale. Durant ces comités, sa supérieure préfère toujours louer ses qualités de compréhension et d'analyse plutôt que son sens des affaires. Elle va rencontrer pour la première fois cet après-midi le nouveau directeur général de l'entité parisienne du Xe arrondissement. Il a tenu à être spécialement présent pour encourager ses équipes. Tout le monde à l'agence est angoissé à l'idée de se faire réprimander pour ses mauvais résultats.

Hervé, le deuxième conseiller en patrimoine financier, est particulièrement nerveux. Il sait qu'il n'a pas été à la hauteur durant ce premier trimestre. Marie a de la peine pour lui. La petite cinquantaine, en fin de carrière, elle le sent particulièrement désespéré par son travail, par ses clients, par le rythme qu'imposent les nouveaux diktats de l'entreprise. Il voudrait ne plus continuer, mais il n'a pas le choix. Il doit assurer le remboursement de son crédit immobilier, fournir de l'argent de poche à son adolescente ingrate, entretenir sa femme avec laquelle il n'envisage plus aucun avenir amoureux depuis des années et garder un peu d'argent pour sa passion, l'ornithologie. Hervé est fasciné par les pigeons sauvages, et plus particulièrement par les tourterelles. Il conserve secrètement dans un tiroir de son bureau un catalogue compilant tous les articles qu'il a trouvés sur le sujet. Il en est très fier. Après un rendez-vous difficile avec un client ou seulement pour le plaisir, il sort son classeur et passe les rares instants sereins de sa vie à feuilleter ces photographies jaunies de volatiles flottant dans les airs. Hervé est touchant, mais profondément malheureux.

Marie s'installe à la table de réunion, chargée d'une pile de dossiers qui, elle l'espère, suffiront pour sa défense. Un silence de mort règne dans la grande salle. Un néon est mal vissé, il grésille. La directrice de l'agence se lève pour l'éteindre. Son air sec et sa démarche autoritaire ont toujours impressionné Marie. Quand elles se retrouvent toutes les deux seules dans son bureau, Marie baisse la tête, essayant de ne jamais croiser son regard. Colette Sirmont est une femme forte, carriériste, volontaire, exigeante, presque oppressante. Marie ne se retrouve dans aucun de ces traits, ni professionnellement, ni dans sa vie privée. Quand elle est seule en rendez-vous avec ses clients, Marie est détendue, à l'aise, parfois même surprenante de drôlerie. Son travail à la banque lui offre la possibilité de jouer le rôle d'une autre femme. Aux côtés de Laurent, elle ne parvient pas à s'imposer autrement que par sa douceur et sa retenue, la même que celle qu'elle manifestait déjà dix ans auparavant avec lui et ses amis. Chaque collègue se regarde d'un bout à l'autre de la pièce. Ils se scrutent en tentant de déterminer qui se trouve dans la plus mauvaise posture. Le directeur arrive. Il claque la porte. Les traits se crispent, les mains ne savent plus où se poser, les gorges se serrent poliment. Il est grand, imposant, plutôt séduisant. Les femmes l'ont remarqué. L'œil vif de celui qui est habitué à diriger les autres, il se place rapidement à l'extrémité de la table. Il préfère rester debout.

Marie l'observe de loin. Il commence son discours pendant que son assistant démarre le rétroprojecteur. Il annonce qu'il n'aura pas le temps de faire du cas par cas, il préfère analyser les résultats de chacun au cours de la semaine par des entretiens individuels. Une vague de soulagement parcourt l'assistance. Les sourires éclairent de nouveau les visages. Marie est invitée à prendre la parole pour expliquer son expérience de vente de la nouvelle formule de l'assurance-vie. Elle se lève, tête baissée, pour rejoindre le directeur. Il la regarde fixement, la jauge. Marie sent son parfum. Un mélange puissant d'eau de Cologne, de cuir et de santal. Elle n'en met jamais, Laurent n'aime pas ça. Son exposé terminé, Marie repart ; sous le regard satisfait du directeur. Sa collègue la félicite et trouve qu'elle a bien argumenté son approche commerciale. Après une heure, la réunion touche à sa fin, sur l'ordre du directeur. Tout le monde quitte la salle pour reprendre son travail. Hervé est soulagé, mais il sait que cela ne durera pas et qu'il n'a plus que quelques jours de répit avant de recevoir sa sentence. En sortant, Marie croise le regard du directeur qui lui sourit en hochant la tête. Elle a encore trois rendez-vous cet après-midi. La journée continue.

Il est 18 h 30. Marie a terminé de compléter les informations déontologiques de ses clients du jour, elle peut enfin partir. Une fois dehors, elle est surprise de remarquer encore et toujours son goût pour l'effervescence. Elle si calme, d'humeur égale, modérée et patiente, Paris l'anime, la rend vivante. Elle avait toujours ressenti un léger malaise à vivre en province durant son adolescence. Certes, Bois-le-Roi n'est pas si éloigné de Paris, mais le trajet en transilien chaque week-end pour rejoindre ses amis dans la métropole la frustrait. Elle avait toujours su que plus tard, elle vivrait à Paris. La nuit d'octobre commence à tomber. La rue Meslay lui semble plus sombre que d'habitude, peut-être un lampadaire en panne. Marie ne sait plus exactement où elle a laissé son vélo. Peut-être devant le petit restaurant turc où elle aime bien déjeuner le jeudi. La rue est quasiment déserte, seulement quelques passants pressés de rentrer chez eux. Les grands immeubles sont éclairés d'une lumière chaude. Elle aime toujours regarder les fenêtres des appartements quand elle marche dans les rues de Paris. Connaître l'intimité des gens, leurs goûts décoratifs, voir des enfants jouer, les parents discuter sur le balcon ou cuisiner. Elle se demande soudain si d'autres personnes font la même chose qu'elle. Si on la regarde marcher dans son appartement. Sous la faible lumière des réverbères, elle distingue de loin son vélo. Il est renversé à terre. La roue principale est complètement disloquée, le pneu disparu, la fourche brisée. Abasourdie, elle accourt, tente vainement de le redresser contre le pilier, mais comprend vite qu'elle ne pourra plus s'en servir. Elle est désemparée. C'est la première fois de sa vie qu'elle est victime d'un acte de vandalisme. Son regard cherche du secours. Elle prend son portable dans son sac pour appeler Laurent. Elle sait pourtant qu'il ne se déplacera pas pour si peu et va sûrement lui conseiller de prendre le métro pour rentrer, mais elle a besoin d'entendre sa voix, d'être rassurée. Il répond dès la première sonnerie. « Tu ne vas jamais le croire ! On a essayé de me voler mon vélo. Je n'ai même plus de roue avant, ils ont tout balancé ! » Laurent est nerveux, il va bientôt entrer en réunion pour organiser la défense de Gérard Lancarde. Il lui conseille de prendre le métro et de laisser le vélo là où il est. Au même moment, toujours en conversation avec Laurent, elle aperçoit sur le même trottoir une silhouette familière. Le directeur de l'entité la reconnaît.

« Eh bien, que vous arrive-t-il ? » Marie raccroche. Elle a un peu honte, se sent stupide avec son vélo en morceaux près d'elle. Elle lui explique la situation en essayant de dissimuler au mieux sa panique. Le directeur sourit, tente de la calmer par un geste amical sur son épaule. « Écoutez, je suis garé à quelques mètres. Je peux vous raccompagner si vous voulez. Où habitez-vous ? » Marie le regarde un instant, gênée, puis, peu encline à l'idée de prendre le métro bondé à cette heure de pointe, décide finalement d'accepter sa proposition.

Sur le chemin, leurs pas s'emboîtent harmonieusement, résonnent sur le béton dans un bruit sec. Il ne parle presque pas, lui sourit de temps en temps en tournant la tête. Il l'impressionne. C'est le directeur. Il sort ses clefs de voiture de son manteau pour ouvrir sa Mercedes parfaitement rangée sur le bas-côté. Les phares clignotent. Il semble assez fier de son effet, mais veille toujours à conserver une étrange attitude modeste. Marie s'installe sur le siège passager. L'odeur du cuir se mélange aux puissants effluves du parfum qu'elle a senti sur lui pendant la réunion de l'après-midi. Après avoir jeté son manteau sur le siège arrière, le directeur s'installe à son tour. La voiture démarre. Le moteur gronde doucement. Marie est soulagée que le trajet ne soit pas trop long. Son téléphone sonne dans son sac. C'est un message de Laurent. Il lui demande si tout va bien. Il rentrera tard, a accepté de dîner avec son client et lui dit de ne pas l'attendre.

Marie est déçue, elle aurait voulu qu'il reste avec elle ce soir pour la consoler. Le directeur allume la radio. Elle reconnaît les premières notes de la *Gnossienne nº 3* d'Erik Satie, la préférée de son père. Subitement, cette symphonie aux airs ambigus assombrit son regard sur Paris. La nuit lui pèse. Les odeurs entêtantes de santal, le reflet des lumières sur le pare-brise lui donnent le vertige. L'entrée du boulevard Voltaire apparaît enfin. Lui ne bouge pas. Ses mains solidement accrochées au volant, son regard est fixe, ses lèvres immobiles. Elle n'ose pas tourner la tête pour le regarder. Le temps ralentit, se fige, oppresse l'espace. Tout s'engourdit. Elle veut sortir. Une voiture s'arrête à leur hauteur au feu rouge. Une femme lui sourit brièvement avant de détourner son attention. La voiture repart. Il ne reste que quelques numéros avant d'arriver à son appartement. Il n'y a pas de place et la route est embouteillée. Marie veut descendre sur le bas-côté, mais lui préfère contourner par la rue Richard-Lenoir pour être mieux placé sur la voie. « Cette ville est vraiment impossible pour les voitures. »

Marie sent enfin le moteur ralentir. La radio s'éteint d'un seul coup. Ils sont maintenant engagés dans l'entrée d'un parking privé. Un silence s'installe dans l'obscurité au fond de laquelle la mince silhouette de l'homme se détache. Personne ne passe. « Merci beaucoup de m'avoir raccompagnée, c'est vraiment très gentil. Je veux dire, vous n'étiez pas obligé. Je suis désolée, mais je dois y aller maintenant, mon mari m'attend et va s'inquiéter. » Elle ne sait pas exactement pour quelle raison elle a inventé ce mensonge. Un léger malaise la prend au ventre comme le long suspens que le spectateur ressent dans un film avant d'avoir l'explication finale de la scène. « Vous ne voulez pas rester un moment ici avec moi ? » L'homme continue de regarder droit devant lui, les mains mollement posées sur le volant.

Marie commence à sentir les premiers signes de panique. Elle maudit les personnes qui lui ont détruit son vélo ce soir et à cause desquelles elle se retrouve dans une situation aussi inconfortable. « Je crois vraiment que vous devriez rester un moment. » Il insiste. Soudain, Marie perçoit le bruit sec de la fermeture du loquet de sa portière. Il est en train de l'enfermer. Son ombre, imposante, effrayante, se déplace lentement vers elle dans un mouvement d'approche intime. Elle sent quelque chose de froid et doux glisser sur ses cuisses. Un frisson parcourt tout son corps encore attaché au siège par sa ceinture. Elle se débat, lui demande fermement d'arrêter et de la laisser sortir. Elle voudrait crier, mais étrangement elle n'ose pas. Elle pense à certains détails. Elle ne voudrait pas réveiller tout le quartier, se faire remarquer pour rien. Elle ne veut pas avoir honte devant son directeur d'avoir pensé à une agression alors qu'il ne s'agit peut-être que d'une tentative de séduction un peu rude. Il anticipe chacune de ses réactions et plaque rapidement sa main contre sa bouche. En même temps, son autre main s'insère dans son chemisier pour descendre progressivement vers sa culotte. Il plonge maintenant ses doigts. Le corps de Marie tremble, sue de tous ses pores, fige sa chair dans le cuir épais de son siège. Elle commence à se débattre, à repousser son torse plaqué sur elle. Il est trop fort, beaucoup plus fort. Elle sait maintenant qu'elle ne va pas pouvoir y échapper. Marie va se faire violer dans cette voiture. Comme ces femmes à la télévision que l'on entend témoigner sur leur agression sexuelle, elle aussi va devoir subir ça. Elle lutte avec toutes ses forces réunies. Ses poignets sont broyés, ses jambes immobilisées, sa voix coupée, son ventre écrasé. Elle entend les gémissements de l'homme, ses petits cris haletants de plaisir au creux de son cou. Il détache sa ceinture et appuie fermement sur la molette pour baisser son siège. Elle tombe brutalement en arrière. Il s'étale, monte sur elle. Marie sent son excitation à travers son pantalon. Elle continue à se débattre, à crier. Personne ne l'entendra. Ses bras frêles ne sont maintenus que par une seule main de son agresseur pendant que l'autre s'attarde à détacher la ceinture et les boutons de son costume. La culotte en soie que Laurent lui a achetée l'année dernière pour la Saint-Valentin est arrachée en une fraction de seconde. Il l'a griffée en même temps. Un ultime sursaut la fait convulser, son corps se tord dans tous les sens, ses pieds tendus à l'extrême pour lui échapper. Elle est rapidement épuisée, sans force. Tous ses membres souffrent de ne pas pouvoir l'aider. Il la pénètre. Les va-et-vient commencent à s'engager, d'abord lentement puis très fort. Elle a mal. Son vagin est sec, les parois de son sexe sont râpées jusqu'au sang. Elle pense à ces petites brûlures qu'elle a eues il y a quelques années à cause d'un herpès génital et qui l'avaient fait beaucoup souffrir. Il s'arrête soudain. D'une main assurée, il attrape ses cheveux et l'oblige à se tourner sur le ventre. Marie l'entend marmonner quelques mots, mais n'arrive plus à distinguer le sens des sons. La réalité se déforme, rien n'existe plus. Elle va se réveiller. Peut-être n'est-elle que dans la salle de repos de l'agence. Son esprit a peut-être mal interprété le regard de son directeur quelques secondes avant de quitter la salle de réunion. Elle s'est endormie. Hervé va la réveiller. Son sexe est dur comme une arme. Il tape dans le fond de son ventre par coups violents. La douleur la fait vomir sur le siège arrière. Il ne s'arrête pas. Sa respiration s'accélère. « Viens ! » Son corps lourd remonte sur le visage de Marie. Son sexe durci se place en suspens au-dessous de sa bouche. « Vas-y ! Prends-la dans ta bouche. » Elle tourne la tête dans tous les sens, le supplie d'arrêter, tente de se dégager de son emprise. Il immobilise son visage avec les mains, ses genoux bloquant chacun des gestes de Marie, et insère violemment son sexe dans sa bouche, bien au fond de sa gorge. Une légère odeur d'urine se dégage. Elle va s'étouffer. Elle le mord avec les dents. Il se retire d'un seul coup et la gifle. « Sale conne ! Tu veux ça alors ! » Il bande encore. Il revient en elle par-derrière, la sodomise. Elle n'avait jamais fait ça avec personne. Marie sent du liquide s'écouler de ses jambes. La douleur est insupportable. Il change d'orifice et finit par jouir en elle dans un long râle de plaisir. C'est terminé. Son sexe est mou, trempé de sperme, de vomi, de sang, d'excréments et de sécrétions vaginales. Il est soulagé et d'un geste furtif regagne son siège pour reboutonner son pantalon. « C'est bon, tu peux partir. »

Marie se lève péniblement, le corps brûlant, gonflé, accablé par la souffrance des muscles lâches et de sa peau serrée, compressée. Les loquets se débloquent. Elle sort de la voiture, son pantalon tombant encore sur le haut de ses cuisses. Il la rattrape fermement par le bras sur le siège. « Si tu parles à quelqu'un de ce qui s'est passé, toi, ton mari et ta carrière, vous êtes finis. Personne ne te croira, alors tu fermes ta gueule et tout continuera comme avant. » Sous la faible lumière jaune des lampadaires, Marie perçoit furtivement au doigt de l'homme l'éclat de son alliance. Le moteur de la voiture se rallume. Elle descend sur le trottoir, trébuche sur le bas-côté. La portière se claque derrière elle. La voiture s'éloigne.

Marie ne se dit pas que c'est fini. Elle sait que ce n'est que le début. L'entrée de son immeuble est située un peu plus haut dans la rue, à l'angle du boulevard Voltaire. Il est à peine 21 heures. Laurent est sûrement en train de dîner. Il devait être sur le chemin du restaurant à plaisanter avec ses collègues et son nouveau client pendant que sa femme se faisait violer par son patron, pénétrer par tous les trous sur le siège d'une voiture. Elle a senti son portable tomber sur le tapis granuleux, vibrer et sonner sous ses pieds, envahie par la frustration de ne pas pouvoir le saisir. Elle entre dans le hall et croise le concierge qui sort les poubelles. « Bonjour, madame Campan ! Vous allez bien ? » Marie baisse la tête, s'éclipse dans l'obscurité du couloir, lui répond tout en montant dans l'ascenseur : « Un peu fatiguée, mais ça va ! Bonne soirée. » Elle espère qu'il n'a rien remarqué d'anormal. Elle sait déjà qu'elle est en train de dissimuler le mal, qu'elle ne dira rien, que personne ne sera jamais au courant de cette agression.

L'appartement est plongé dans l'obscurité partiellement diluée par l'ouverture d'un rideau diffusant les lumières du boulevard dans le salon. Il n'y a personne. Elle voudrait appeler son mari pour le rassurer. Chaque pas pour atteindre la cuisine est pénible. Le couloir central qui donne accès à toutes les pièces de l'appartement lui semble interminable, presque ridicule. Elle saisit le téléphone qu'elle a laissé sur le buffet ce matin et compose le numéro de Laurent. Elle ne veut pas qu'il réponde pour pouvoir laisser un message maîtrisé, sans variations ni sursauts de respiration. Il ne répond pas. « Oui, c'est Marie. Je suis enfin arrivée à la maison, la ligne 9 était bloquée alors… Je vais prendre une douche et je vais me coucher, je suis crevée. J'espère que tout se passe bien avec ton client. Je t'aime. »

Elle raccroche, l'air absent, vide. Elle pense que c'est mieux comme ça et que de toute façon si elle voulait lui avouer, elle ne pourrait pas trouver la bonne façon de le faire. Il la regarderait toujours différemment, plus seulement comme sa femme, mais comme la victime, la femme qui s'est fait violer, sodomiser en premier par un autre sexe que le sien. Marie sent soudainement les relents de vomi sur elle. Elle n'a pas le courage de prendre une douche, mais elle doit quand même le faire. Si elle était seule, elle irait seulement se coucher en avalant des somnifères, mais si elle ne se lave pas maintenant, Laurent remarquera le parfum qui n'est pas le sien sur le corps de sa femme, les draps vont s'imprégner de cette odeur immonde et tout s'effondrera de nouveau.

Debout au centre de la salle de bains, elle déboutonne lentement son chemisier, baisse péniblement son pantalon dans lequel restent accrochés des lambeaux de sa culotte arrachée. Du sang a séché sur ses cuisses. Des traces brunâtres et puantes s'étalent sur le haut de son ventre. Entièrement nue, elle croise son reflet dans le miroir du lavabo. Elle s'approche lentement et distingue des traces de sperme séché au coin de ses lèvres. Son œil est légèrement gonflé à cause des gifles qu'elle a reçues, mais demain les marques auront certainement disparu. Cette vision d'elle-même submerge son être d'une immense tristesse. La colère viendra sûrement plus tard. L'eau brûlante coule entre ses seins, inonde son ventre, parcourt sa nuque, détend ses muscles. Elle s'effondre contre la paroi, se recroqueville, le pommeau de douche porté mollement au-dessus de sa tête. Chaque geste devient une épreuve, comme si elle n'avait jamais perçu avant la difficulté de le réaliser au quotidien ; sortir de la douche, s'envelopper dans une serviette, enfiler son pyjama. Elle sait qu'elle ne va pas pouvoir dormir ce soir, ni peut-être les jours suivants. Il lui faut des somnifères, mais soudain, ça lui revient. Après une légère intoxication de Laurent qui avait avalé un médicament périmé, Marie avait décidé de faire le tri. Elle se souvient parfaitement avoir jeté les dernières tablettes de somnifères. L'horloge du couloir indique 22 heures. La pharmacie sera fermée, et de toute manière elle ne serait jamais capable de ressortir.

La chambre est en désordre. Ce matin, Laurent cherchait encore son dossier dans tout l'appartement et il s'était dit que peut-être il était niché sous les draps. Tout est retourné. Marie ne réprime jamais rien, mais à ce moment précis, une rage diffuse envahit son corps.

Elle s'est fait violer ce soir, violenter, agresser, et elle n'a même pas le droit à ses somnifères, ni à son mari près d'elle et à un lit bien rangé. Elle s'enfonce sous les draps froids, éteint la lumière de la petite lampe et attend les yeux ouverts que le sommeil veuille bien la prendre.

Elle pense qu'il est environ minuit quand elle entend Laurent rentrer. Elle reconnaît ses pas, son allure, son rythme. À la lourdeur de ses déplacements dans l'entrée, elle devine qu'il a un peu trop bu. C'est bien, il dormira sans aucun doute. Chaque craquement sur le sol en bois l'angoisse. Elle voudrait ouvrir les fenêtres et sauter dans le vide avant que son mari ne rentre dans la chambre. Il s'approche d'elle, le corps nu et chaud. « Tu dors, chérie ? » Elle ferme aussitôt les yeux, relâche les muscles de son visage, ralentit légèrement sa respiration, laisse échapper de faibles grognements. Laurent finit par se détourner. Son corps bascule de l'autre côté du lit, loin d'elle. C'est un homme heureux, en pleine santé, repu, plein d'ivresse et de projets, il peut s'endormir en seulement quelques minutes. Sa femme, elle, sait qu'elle va devoir faire semblant de vivre et de dormir pendant de nombreux jours. Marie ouvre les yeux. Le silence est brisé par le bruit des scooters sur le boulevard. Son regard reste fixe, droit devant. Au cœur de la nuit, face au mur qu'elle regardait autrefois, bousculée par le plaisir, le malheur du bas lui apparaît telle la revanche du destin sur les vies jugées trop simples.

Marie s'est levée plusieurs fois dans la nuit. Laurent n'a rien remarqué. Elle pensait qu'après sa soirée de la veille, il serait très fatigué ce matin, mais visiblement c'est le contraire. Elle l'observe en silence aller et venir dans la cuisine. « J'étais certain de l'avoir posé ici en arrivant ! » Marie ne réagit pas. « Je vais finir par mettre un bipeur sur tous mes dossiers pour les retrouver ! Je suis super en retard ! » Marie ne se souvient plus s'il lui est arrivé une seule fois de ne pas l'aider à chercher ses affaires. La réponse est non. Son mari remarque quelque chose de différent ce matin. « Ça va, chérie ? Tu as l'air ailleurs ? » Elle remarque le dossier vert de Laurent posé sur l'assiette de fruits. Elle ne lui dit pas, attend qu'il s'angoisse un peu en voyant les minutes s'échapper. Elle est sur le point de lui dire, quand il le voit : « Ah, voilà ! J'étais sûr qu'il était dans la cuisine ! Bon, je file au cabinet, Jean m'attend ! Et n'oublie pas ce soir le dîner chez Paul et Sophia ! Ils nous attendent à 20 heures ! Je t'aime. » Il jette sa tasse dans l'évier, embrasse sa femme et quitte la cuisine en courant.

Évidemment, Marie avait oublié cette soirée. Les stigmates de son agression de la veille réapparaissent. Son sexe lui fait mal, la démange, se gonfle douloureusement. Elle n'ose plus s'asseoir, de peur de souffrir. Toutes ses articulations sont engourdies, les genoux, les poignets courbaturés. Peut-être devrait-elle consulter un médecin. Il est 8 h 30, l'heure d'aller travailler à l'agence.

Au pied de l'escalier, elle cherche son vélo dans la petite cour intérieure de l'immeuble. Prise d'une panique soudaine, elle sonne chez le concierge. « Bonjour ! Pardon, je vous dérange, mais vous n'auriez pas vu mon vélo ? » Elle se souvient en même temps qu'elle pose la question : les restes de son vélo sont encore à République. Après, elle s'est fait violer. Elle recule lentement. « Je suis désolée, je me rappelle maintenant. Je l'ai laissé au travail. » Le concierge lui sourit. Il se dit qu'elle travaille trop en ce moment, elle doit être fatiguée ce matin.

La journée lui semble interminable. Elle voudrait aller se coucher, s'endormir pour toute une vie. En face de sa vieille cliente, son sourire se fige. Pourtant, c'est une belle promesse de placement, plus de trois cent mille euros d'assurance-vie. Avec ce contrat, Marie pourra faire sa grande entrée dans le top 3 des meilleurs vendeurs du trimestre. Ses collègues seront admiratifs, le directeur la félicitera personnellement. Il l'a violée hier soir. Marie ne tient plus sur sa chaise. Elle a mal au bas du dos, les douleurs de son sexe remontent dans son ventre, compriment ses entrailles par coups secs, gonflent et dégonflent, empêchent son esprit de se concentrer. « C'est votre mari sur la photo ? » C'était il y a quatre ans, quand Laurent avait organisé ce séjour romantique à Venise pour leur anniversaire de mariage. Ils étaient heureux. Marie avait demandé à un touriste de les photographier place Saint-Marc. À la dernière seconde, la glace que tenait Laurent s'était renversée sur sa chemise, provoquant l'hilarité de sa femme et de tous les témoins présents en arrière-plan sur la photo. Marie pense au dîner de ce soir. Elle ne sait pas comment elle va pouvoir s'en sortir pour tout simuler du début à la fin sans éveiller le moindre soupçon.

Aujourd'hui, elle va déjeuner avec Hervé. Il lui raconte combien il est désespéré par sa femme et sa fille. La veille, elles ont osé ouvrir la cage qui abritait la tourterelle qu'il avait recueillie six ans auparavant dans un bois de l'Orne. De retour chez lui après sa journée de travail, il a découvert la cage vide contenant les restes de plumage, sa femme et sa fille riant de son désespoir face à lui. Marie trouve cette histoire infiniment triste, se demande jusqu'à quel point il est possible de faire du mal aux gens sans en subir les conséquences physiques. La cruauté de ces deux femmes finira sûrement dans la violence de la détresse d'Hervé. Un bon coup de fusil dans leurs cervelles.

Laurent rentre à l'appartement plus tôt que d'habitude pour avoir le temps de se préparer. Marie fouille désespérément dans son dressing, ne sait plus quelle robe choisir pour le dîner. Une tenue trop sombre ferait ressortir son humeur. Une robe trop colorée serait peut-être considérée comme un signe de faux bonheur. Un pantalon est impossible, son sexe ne peut plus supporter la pression d'un tissu épais. Elle ne porte plus de culotte, seulement des collants fins. Laurent le remarque alors qu'elle retire pour la dixième fois sa robe. Il s'approche d'elle par-derrière, lui caresse la poitrine, dépose quelques baisers au creux de sa nuque. « Tu es très sexy avec ce collant… Tu sais, on pourrait déjà se mettre au travail… Il nous reste encore un peu de temps. » Elle avait oublié l'enfant. Ce projet qui l'avait tant comblée il y a deux jours seulement lui apparaît maintenant dérisoire, stupide, dégoûtant.

Laurent est excité, elle sent son sexe durcir sur ses fesses. Elle se laisse faire, ne voit pas d'alternative. Elle ne l'a jamais repoussé, il trouverait ça étrange qu'elle le fasse sans aucune raison. La fatigue ne sera pas toujours une excuse pour échapper à son devoir conjugal, surtout si l'idée d'avoir un enfant reste d'actualité. Laurent baisse son collant, retourne sa femme dans ses bras et l'allonge sur le lit. Sa main se glisse en elle, caresse son sexe par mouvements circulaires. Son mari l'embrasse, tourne sa langue dans sa bouche, empoigne ses cheveux, pince légèrement ses tétons entre le pouce et l'index. Marie a peur de souffrir. Elle prépare son esprit à la douleur qu'elle va ressentir au moment où il la pénétrera, inspire, expire. Il entre en elle. Son corps se déchire de l'intérieur comme si on lui enfonçait une grande lime brûlante au fond du vagin. Sa bouche se tord, gémit à cette épreuve. Laurent continue plus fort. Chaque coup de reins, la moindre ondulation, est un supplice. Elle a soudain l'impression de se vider de son sang, de sentir ses organes descendre en elle, une plaie béante s'ouvrir dans son ventre. Il lui enfonce un doigt dans l'anus, elle crie. Il le retire. Marie se sent violée une deuxième fois par son mari. Il ne fait pas attention à elle, martyrise son corps, intègre la violence superficielle pour échapper à l'excitation devenue trop familière. Il n'existe plus de différence entre les deux situations. Le sadisme de son violeur lui semble être le même que celui de son mari qui ne perçoit pas sa souffrance. « Je viens… Attends, je viens… » Il jouit en elle. Elle va vomir, se retient. Quelques morceaux de son déjeuner lui reviennent en bouche. Elle lui sourit, l'enlace, se détache. Lui la regarde se lever en silence. Il ne remarque pas à quel point cette seconde épreuve subie par son épouse marque pour elle la fin définitive de tout compromis.

Ce dîner est une mauvaise idée. Sur le trajet, Marie songe à la manière dont elle va dire bonjour à ses amis, à l'instant où elle va devoir s'installer à table, fuir certaines questions, certains regards. Paul et son épouse Sophia habitent le quartier Monge. Marie et Laurent ont beaucoup hésité au moment d'aménager. On leur avait proposé un bien d'exception rue Daubenton, mais ils n'avaient pas encore les moyens de se l'offrir, au grand regret de Marie et Sophia, amies depuis toujours et habituées à faire ensemble le marché le dimanche rue Mouffetard.

« Eh bien, tu ne descends pas ? » Accepter de faire l'amour avec Laurent avant ce repas était aussi une mauvaise idée. Son corps l'a suppliée d'arrêter, mais c'était trop tard, maintenant il faut seulement attendre que la douleur s'estompe un peu. Marie quitte difficilement son siège. Son mari claque la portière de la voiture, ne remarque pas ses difficultés. « J'aime beaucoup

Charonne, mais il faut avouer que ce quartier est quand même plus calme ! Pour les enfants, c'est mieux. » Il n'a toujours pas renoncé.

Paul et Sophia ont un fils de trois ans et vivent dans un grand duplex. Lui est gynécologue et elle chirurgienne-dentiste. Marie a toujours trouvé pratique d'avoir des amis médecins, mais ce soir-là, elle a peur de l'expérience de Paul. Après son viol, elle a pensé aux maladies sexuelles qu'elle pourrait transmettre à Laurent, au traumatisme psychologique des femmes abusées, mais Marie espère pouvoir oublier, effacer l'entière souffrance de ce moment. Elle va se réfugier dans son travail, dans son couple. Peut-être que le désir d'avoir un enfant avec son mari va resurgir dans quelques jours, plus fort encore qu'au début.

Vêtue d'une grande tunique orangée, Sophia apparaît sur le palier. Rayonnante, elle prend chaleureusement Marie dans ses bras. Dans le grand salon du couple flotte une délicieuse odeur d'épices orientales. « J'ai fait un couscous ! Recette de mamie Zara ! » Sophia est née au Maroc. Fière de ses racines, elle veille à transmettre à son fils quelques mots d'arabe pour qu'il se familiarise avec sa deuxième culture. Paul, son mari, ne voit pas ça d'un très bon œil et pense que cela finira par créer chez lui un trouble de l'identité. « Et voilà qu'elle recommence ! On n'est pas dans la médina ici, chérie ! » Ils se taquinent, s'amusent, se comprennent. Marie envie leur complicité naturelle. Peut-être que Paul aurait tout de suite compris, contrairement à Laurent.

Chaque sujet abordé autour de cette table lui paraît sans grand intérêt. Elle est ailleurs, loin de tout, perçoit les sons sans véritablement les entendre ni les comprendre. Fixe un point, puis se détourne avant d'en fixer un autre. Un mot éclate dans l'air : « Elle était couverte de bleus. Le corps tuméfié, en sang. On pense qu'elle a été violée plusieurs fois. » Le regard de Marie s'éclaire, son corps s'électrise, elle se réveille enfin. Paul parle d'une de ses patientes. Une jeune fille de dix-sept ans battue par son père depuis des années, probablement violée par lui et qui est venue consulter Paul à son cabinet après une violente altercation. « Quand je l'ai auscultée, tout s'est confirmé. Je n'ai même pas eu besoin de spéculum. » Un court silence s'installe. Le sujet dérange, dégoûte un peu. Sophia sort de table pour chercher le couscous dans la cuisine. Paul continue d'évoquer les détails de son histoire. Laurent ne semble pas perturbé, continue de mâchouiller son morceau de pain sans grande attention, comme s'il cherchait à passer le temps. « Mais on est sûr que c'est bien son père ? – Non, parce que maintenant on a l'impression que tout le monde se fait violer, on désigne les coupables avant de savoir si c'est bien eux. » Marie ne dit rien, cette intervention lui arrive en plein visage. Elle se sent sale, honteuse face à son époux, culpabilise soudain de ce que peut-être elle-même a provoqué ce soir-là. Paul, habitué à ce genre de discussion, tente d'argumenter. Le bien, le mal, les victimes qui ne sont pas toujours celles que l'on croit, le lynchage public de certains hommes, l'affaire d'Outreau, Dominique Strauss-Kahn, Polanski…

Sophia revient dans la salle à manger et dépose un grand plat en faïence colorée sur la table. La semoule va déborder. « On pourrait peut-être parler d'autre chose, non ? Parce que tes histoires de viol au cabinet, on s'en passerait bien pour manger. » Marie a envie qu'ils en parlent. Elle veut se lever, hurler qu'elle aussi s'est fait violer par son patron, qu'elle peut comprendre cette jeune fille. Elle veut clamer haut et fort devant son mari et ses amis qu'on l'a obligée à prendre un sexe dans sa bouche, dans ses fesses, dans son vagin, qu'on lui a massacré le corps, qu'elle avait du sang sur les cuisses, du sperme au coin des lèvres, les seins recouverts de vomi, de la merde étalée sur son ventre. Marie pourrait le faire. Son esprit lutte. Elle ne se sent pas assez courageuse. Elle a peur de tout détruire, de perdre son mari et ses amis, qu'on la juge, qu'on la soupçonne de mentir, d'exagérer. Elle renonce.

On passe à autre chose. On change de sujet. « Alors, Laurent nous a annoncé la bonne nouvelle. Profitez bien car la première année il ne vous laisse jamais tranquilles une seule nuit ! » Encore l'enfant. Marie sent qu'elle ne tient plus. Son sexe tire, s'écartèle entre ses cuisses. Elle s'éclipse aux toilettes, l'air de rien. Sa respiration s'accélère, proche de la crise d'angoisse. Les murs se rapprochent, les tableaux accrochés dans le couloir lui parlent, agressent sa lâcheté. Des larmes incontrôlables coulent sur ses joues, déforment son visage, défont son maquillage. Son reflet apparaît. Elle ressemble à une pute. Une pute violée. Quelques traces de sang imprègnent le papier-toilette.

Quand elle les rejoint, les cornes de gazelle sont fièrement exposées sur la table. « Tout va bien ? Tu as l'air un peu fatiguée ce soir. » Marie sourit, prétexte qu'elle est un peu malade depuis hier. Son mari la cajole, la prend dans ses bras, dit qu'ils ne vont pas tarder à rentrer. Marie finit son café en écoutant les conseils de Sophia pour planifier leurs prochaines vacances d'hiver. Ils pourraient partir tous ensemble en Suisse. Sa mère garderait l'enfant. Faire du ski dans les somptueux paysages alpins de Genève, rien de mieux avant Noël. Marie est mortifiée, elle se rend soudain compte à quel point le futur a de l'importance aux yeux des gens. On ne parle jamais du présent, peu du passé. La soirée à laquelle remonte son viol est déjà ancienne, presque oubliée, obsolète. Même si elle l'avouait publiquement, elle n'est pas certaine de la réaction des gens. Marie va devoir recroiser son agresseur dans le cadre professionnel, peut-être même recevoir ses félicitations pour un contrat qu'elle aura signé, marcher près de lui, lui sourire, sentir son odeur. Il aura oublié, le temps passera, la justice aussi. Les faits seront prescrits.

C'est le moment de rentrer. Paul lui tend son manteau, veut l'aider à l'enfiler. Elle refuse. Marie ne veut pas qu'il la touche. Elle pense à son sexe, à la façon dont il prend Sophia. Elle l'imagine en train d'ausculter cette jeune patiente, à l'image de son vagin torturé, martyrisé, les fibres et les nerfs à vif, le bas déchiré par la douleur. L'enfant pleure. Sophia embrasse Marie avant de monter rapidement dans la chambre pour consoler son fils.

« J'ai toujours trouvé ça étrange qu'un homme soit gynéco. Franchement, voir des vagins toute la journée, c'est un peu bizarre, non ? » Les murs des arcades du Louvre sont si anciens, plantés dans le sol depuis toujours, solides comme un roc. Elle voudrait tourner le volant, que Laurent fonce dedans, qu'ils meurent ensemble sur le coup, qu'il ferme enfin sa gueule. Sa main se pose sur la cuisse de sa femme. Elle le repousse par réflexe, comme victime d'une peur terrible. Tout lui semble si familier. « T'es sûre que ça va ? Tu étais un peu étrange pendant le repas. » Marie abdique. Elle repose sa main sur sa jambe, la fait légèrement glisser vers son entrejambe. Laurent sourit de nouveau. Elle veut qu'il la caresse, elle plonge sa main dans son collant, masse son sexe en même temps. Il bande. Il est tard. Peu de monde circule sur les quais. La lumière vive des lampadaires éclaire à intervalles réguliers l'intérieur de la voiture. La nuit, Paris étincelle de beauté. Laurent s'est trompé de chemin. L'Hôtel de Ville est désert, la pierre blanche illuminée par les reflets brillants de la Seine. Son sexe durcit dans le mouvement de va-et-vient exercé par Marie. Sa main accélère la cadence. Il souffle, gémit, lève son pied de la pédale. Elle le fait jouir en quelques minutes. Sa main est collante, gluante. Elle cache son dégoût, cherche un mouchoir dans la boîte à gants pour s'essuyer. « Ah, je crois que tu as tes règles, chérie. » Ses doigts ressortent de son collant trempés de sang. Elle lui dit que ce n'est rien, sûrement les restes de ses dernières menstruations. Non, en fait elle s'est fait violer il y a deux jours, son sexe limé de part en part jusqu'au sang pendant qu'il dégustait du homard à La Coupole avec son client.

Il ne tentera rien ce soir. Marie peut aller se coucher sans angoisse. Elle laissera le temps filer entre ses doigts. Parfois, elle le sait, ce sera lourd, insupportable, mais elle est certaine de pouvoir y arriver. Demain, une nouvelle journée va commencer. Laurent se couche, l'embrasse. Il dort déjà.

Bois-le-Roi est un endroit charmant. La forêt de Fontainebleau protège les habitants, les recueille dans un écrin naturel et végétal de quiétude. Les pierres rougeâtres des grandes meulières se distinguent à travers les chênes imposants bordant les anciennes propriétés. En contrebas la Seine s'écoule. On entend le bruit de l'eau, par forte pression. C'est ici qu'ils ont décidé de pique-niquer. Sous les rayons frais du soleil d'automne, Irène, la mère de Marie, s'active à déballer le panier garni qu'elle a préparé ce matin. Une multitude de petits pains toastés parfaitement ordonnés par goût finissent de parfaire le climat bucolique de cet instant.

Trois semaines sont passées depuis l'agression de Marie. Elle n'a plus mal au sexe. Les douleurs de son viol ont disparu, emportant avec elles les quelques souvenirs précis qui imprégnaient sa mémoire. Elle a continué à faire l'amour avec son mari. Il n'a toujours rien remarqué d'anormal dans son comportement, seulement quelques humeurs mises sur le compte du stress et de la fatigue.

Laurent déplie les cannes à pêche près du fleuve avec son beau-père Gérard. Ce soir, ils voudraient faire griller le poisson qu'ils auront pêché. Pharmacien à la retraite, le père de Marie a toujours exercé une autorité bienveillante sur sa famille. Son épouse, femme au foyer qui a élevé ses deux filles avec soin, n'a pas manifesté le désir de faire carrière. Être mère lui suffisait. Marie n'a jamais pensé à lui demander si elle était vraiment heureuse, si la présence d'un enfant pouvait combler le vide qu'elle sent parfois s'élargir autour d'elle. Elle lui répète souvent : « Les enfants, c'est la vie. Quand la vie s'ajoute à la vie, qu'attendre de plus pour donner du sens au reste ? »

Marie aide sa sœur à changer le nourrisson sur le plaid. Il semble aimer sa tante. Elle sourit difficilement. « Comment ça se passe à la banque ? J'ai entendu dire que ça chauffe un peu en ce moment. » La triste banalité des questions auxquelles doit répondre Marie traverse son esprit à la vitesse du son. Est-elle une si bonne comédienne ? Comment cette famille si aimante, chaleureuse, attentionnée, ce mari si proche de son épouse, comment aucun d'entre eux ne parvient-il à remarquer le changement en elle ? On débouche le champagne. On sert les petits-fours dans des assiettes en porcelaine. C'est ridicule de bonheur. Marie a envie de prendre le long couteau. De le saisir des mains de sa mère et dans un geste désespéré de se le planter en plein cœur, de le faire glisser jusqu'à son ventre.

Laurent revient, balançant le bac à poissons à moitié rempli entre ses mains. Il est content. Marie le trouve de plus en plus laid. Avec sa canne à pêche, son air béat de bonheur permanent, sa petite vie toute parfaite, elle a envie de lui cracher dessus, de lui enfoncer quelque chose au fond de la gorge. Dans de ce tableau sans défauts visibles, il faut s'arrêter sur les détails. Personne n'a l'idée de le faire. Ils préfèrent la douce et rassurante surface des sentiments, lisse et souple, ne surtout pas discerner les taches noires, les dysfonctionnements, les tourments. Marie se souvient du choc qu'elle a ressenti en découvrant pour la première fois les œuvres de Magritte lors d'un séjour à Bruxelles avec Laurent. Fascinée depuis toujours par la précision de ses peintures, sa maîtrise presque photographique de la matière, sa connaissance parfaite des lois de la perspective, elle a été terriblement déçue. La distance du regard pouvait tout briser en un instant. En s'approchant de son tableau préféré, *Le Château des Pyrénées*, représentant une immense pierre en suspens dans le ciel au sommet de laquelle se loge une petite cité médiévale, elle a remarqué les premières imperfections. Les coups de pinceau irréguliers, les courbes et les contours imparfaits, les craquellements de la peinture… C'était si décevant, si éloigné de tout ce qu'elle avait imaginé de la perfection artistique à laquelle elle croyait depuis l'enfance, quand elle avait découvert pour la première fois cette œuvre sur le papier glacé de son livre d'école. Le soleil éclaire la scène. Ses reflets dorés illuminent la pelouse humide, irradient l'atmosphère. Seule Marie est dans le noir. Une obscurité complète. Elle retrouve le même malaise que dans ce musée. Le voile se lève enfin sur son existence, écrasant le mensonge de l'idéalisme. Elle voudrait le silence pour réfléchir à ce qu'elle pourrait faire pour s'en sortir. Ils trinquent. Marie veut tirer d'un coup sec la nappe sur laquelle toute sa famille s'enivre de champagne et de macarons, les renverser comme des verres, briser la vaisselle, tout balancer à terre. Elle ne veut plus jamais sentir son sexe. Ni la souffrance ni l'excitation qui l'anéantissent jour après jour. Plus personne ne la touchera jamais.

« Ben alors ! On n'aime plus le champagne ? Moi qui pensais te faire plaisir, c'est ton préféré ! » Son père l'enlace dans ses bras forts, la compresse un peu trop. En une seule seconde, elle chasse ses souvenirs, refoule ses envies et lui sourit. Elle mange, elle boit, embrasse son mari, sa mère et sa sœur. Elle oublie les détails, camoufle les défauts, déloge la souffrance, réfrène son dégoût pour l'indifférence de ses proches. Le déjeuner est fini. Il faut rentrer, le bébé a froid.

Elle conserve son retard du lundi matin comme un éternel détail. Certaines choses ne doivent pas changer.

Laurent a trouvé son dossier du premier coup, il sera à l'heure. Hier soir, il voulait faire l'amour avec Marie. Elle n'a pas pu refuser, elle se donne à lui dans l'abandon. Elle a perdu la partie depuis longtemps. Les souvenirs s'écrasent peu à peu dans sa conscience. Elle pose sa tasse dans l'évier. Un vertige la prend soudain. Puis ça s'arrête. Elle dort mal en ce moment, prend beaucoup de somnifères avant de se coucher, à l'abri du regard de son époux. Peut-être les effets néfastes de ces comprimés la fragilisent-ils plus que d'habitude.

Elle part à l'agence avec son nouveau vélo. Hervé est heureux de voir Marie. Il lui montre sur son portable les photographies de la tourterelle qu'il s'est décidé à acheter samedi dans une animalerie des quais de Seine. « La tête de Corinne quand elle a découvert la cage de nouveau occupée ! Rien que de la voir comme ça, je savais que je passerais le meilleur week-end de ma vie ! »

Marie se dirige vers son bureau pour recevoir son rendez-vous de 9 h 30. Elle pose son café, allume son ordinateur. Son estomac se crispe, son regard se bloque. Le temps s'arrête, le goût d'urine lui revient en bouche. Son vagin se contracte, se protège instinctivement. Son ancien portable est posé au centre de son bureau. Marie le sent encore vibrer à ses pieds dans cette voiture. Elle revoit la configuration de l'écran, les couleurs, le rythme de la sonnerie des messages, ses doigts qui pianotent sur le clavier quelques minutes avant son agression. Il est entré dans ce bureau. Il a décidé de revenir dans sa vie. Elle saisit lentement le portable. « Ah oui, l'assistant du directeur est passé ce matin. Il a trouvé ton portable la dernière fois à la réunion, il voulait te le rendre, mais tu étais déjà partie. » Lui aussi ment aux autres. Elle n'est pas la seule à le faire. Étrangement, cette idée la rassure, la rapproche de lui dans l'intimité de ce secret qu'ils partagent. Ils sont dans le même bateau, peut-être même dans la même impasse. Après avoir chargé son téléphone, elle l'allume, relit les messages de Laurent, les trouve désormais abominablement puérils, inconscients, presque indécents. Pourquoi son directeur a-t-il tenu à lui rendre son portable ? Il n'y a plus de preuves maintenant. Il est entièrement sorti d'affaire, ce serait sa parole contre la sienne. Pas d'examen gynécologique, aucune trace de violence, sa voiture a dû être lavée de fond en comble dès le lendemain, Marie avait jeté ses affaires le soir même dans la benne à ordures. Personne n'est au courant, c'est trop tard, le moment est passé.

Son client est arrivé avec du retard. Elle le fait patienter dans le couloir. Elle a envie de vomir. Elle court aux toilettes, soulève l'abattant et rejette son petit déjeuner. Le choc est trop rude. Tout devient de plus en plus compliqué. Tout s'enchaîne. Mais, toujours à contresens des sentiments, la vie décide que cette journée continuera sans trêve.

Une partie du boulevard Voltaire est bloquée à cause d'une grève. Les croissants chauds vont refroidir. « Vous devez passer par la rue Richard-Lenoir. » Elle a envie de répondre à cet agent que c'est dans cette rue qu'elle s'est fait violer, qu'elle n'a pas envie d'y repasser et qu'en tant que représentant de la société il doit trouver une autre solution en guise de dédommagement. Elle se tait. L'entrée du parking n'est pas si grande finalement. Il faisait nuit, mais Marie trouve soudain étrange que personne n'ait pu voir la scène. Elle imagine les gens détournant le regard au moment où son ventre se détachait de son corps, préférant regarder droit devant plutôt que d'assister à cette scène dérangeante de sexe. Elle ne s'arrête pas, accélère le pas, s'éloigne de cet espace en passant de l'autre côté du trottoir. Ce sont des moments furtifs de souffrance qui appellent les souvenirs. Elle ne se souvient plus de la douleur.

Laurent se réveille à peine. Il s'est couché tard hier soir pour finir sa défense. Le procès s'ouvre bientôt. Il se lève pour embrasser sa femme. « Oh, quelle chance j'ai d'avoir une femme si merveilleuse... Elle apporte les croissants pour le petit déjeuner. Je ne t'ai même pas entendue sortir ! » Elle ne voulait pas le réveiller et prendre le risque d'être exposée à son excitation sexuelle du matin. Elle dresse minutieusement la table, dispose les croissants en quinconce sur le grand plateau en argent que ses parents lui ont offert pour son mariage, verse le jus d'orange pressé dans la carafe. Laurent prépare des œufs et du bacon. L'odeur de friture envahit la pièce. « Ouvre un peu la fenêtre, tu veux, après ça imprègne tout le salon. » Elle se lève. Ça tourne encore. Combien de fois a-t-elle vomi ces derniers jours ? Son mari la regarde. « Hé, ça va ? Tu es malade ? » Elle marche hâtivement vers les toilettes. La salle de bains est ouverte, elle n'a pas eu le temps de fermer la porte. Dans l'entrebâillement, Laurent la regarde en souriant. « Je ne vois pas ce qui te fait rire ? Me voir à quatre pattes en train de vomir ? » Son mari vient vers elle. Marie le repousse, trouve cette situation dégoûtante, lui demande de retourner dans la cuisine pour finir de préparer le petit déjeuner. Son ventre lui fait mal. Elle n'en peut plus de souffrir ainsi. C'est toujours cet endroit, comme si le mal avait décidé de frapper sans cesse à la même porte, d'ouvrir et de refermer la plaie avec le même acharnement. Marie n'a plus à rien rejeter, elle crache de la bile. Le liquide vert s'écoule sur les parois blanches de la cuvette. Elle se traîne pour rejoindre Laurent. Il est assis, un peu vexé d'avoir été chassé aussi brutalement par son épouse. Il a compris avant elle.

Marie s'assoit en silence à la table, le regard encore perturbé par les nausées acides qui ne cessent de remonter dans sa gorge. Elle sent que Laurent la fixe. Elle saisit son regard, jusqu'à ce qu'il se décide à le baisser. Elle ne veut pas savoir ce qu'il pense, ne veut pas entendre ces mots sortir de sa bouche. Si elle écoute ses explications, elle va hurler, lui cracher à la gueule, tenter de le pousser par la fenêtre à la moindre occasion ou de lui jeter l'huile brûlante du bacon au visage. « Je préfère rester à la maison aujourd'hui. Je suis un peu fatiguée par la semaine. » Son mari avait prévu d'aller voir une exposition au musée d'Orsay, celui que Marie aime tant visiter le samedi matin quand les touristes ne sont pas encore surexcités par Paris. La lumière de l'endroit l'apaise ; un éclairage doux et vaporeux s'infiltre à travers la verrière de cette ancienne gare, projetant sur les grandes statues de marbre un halo divin et protecteur. Il n'ira pas seul, il prendra de l'avance sur son travail ou rendra visite à ses parents à Melun.

Marie retourne dans la chambre pour se reposer. Elle se replonge dans les draps défaits avec satisfaction. Certaines journées ne valent pas la peine d'être vécues ailleurs que dans son lit. Elle se voit bien recevoir en pyjama ses clients, ses amis, sa famille, le corps affalé sur ce matelas confortable et rembourré. Les nausées reviennent, plus fortes. « On n'a pas des médicaments ? Un truc contre les vomissements ? » Son mari lui apporte une tablette de petites pilules rouges et un verre d'eau. Elle voudrait arracher ce sourire de son visage, lui peler la peau, faire disparaître tout sentiment de satisfaction chez lui. Il doit partir, dépose un baiser sur le front de sa femme comme un encouragement à ce qui se prépare. Elle va dormir toute la journée. Enfin le sommeil. Elle ne sera plus là quelques heures.

Marie n'a jamais eu d'affection particulière pour sa belle-mère, Jeanne. Elle la trouve trop envahissante, protégeant Laurent comme un petit garçon martyrisé, observant chacun de ses comportements pour ensuite donner son avis sur tout et n'importe quoi. Marie déteste les visites imprévues, encore plus en ce moment. « Elle a insisté, je n'allais quand même pas lui dire non ! » Elle voulait profiter de cette semaine de vacances pour se reposer, rester dans son lit à lire et à manger du chocolat. Laurent multiplie les petites attentions pour sa femme de plus en plus affaiblie. Jeanne arrive à l'heure du déjeuner avec une grande tarte aux pommes. Marie pense que cette femme a sûrement passé plus de temps dans sa vie à confectionner des gâteaux qu'à s'occuper de sa propre personne. Elle ne croit pas pourtant qu'il puisse y avoir un rapprochement à faire entre Jeanne et sa mère, même si le statut un peu flou de femme au foyer s'occupant du ménage, de la cuisine, de l'éducation des enfants, du bien-être de son mari est quasiment le même pour elles deux. Il y a seulement des stades différents dans la soumission. Sa mère est moins ridicule dans ses fonctions que Jeanne. Mais ce n'est là qu'une question de caractère, sa mère cultivant une élégance et une retenue plus visibles. À quel niveau se situerait Marie dans sa vie de femme ? À quel moment sera-t-elle capable d'aller à contresens de ce que tout son environnement lui a enseigné ?

« Dis-moi, ma chérie, tu as l'air fatiguée ! On devrait prendre l'air après le déjeuner, aller boire un thé au Luxembourg. » Son parfum, un mélange tenace d'encens, de santal et de musc, que Marie reconnaît souvent dans la rue porté par des femmes d'âge mûr, réveille ses nausées. Elle assiste au repas avec la même répulsion que celle qu'elle nourrit à l'égard du vaudeville. Le son est trop fort, la scène encombrée, les rires exagérés. Il lui faut une pause dans le calvaire. Elle s'éclipse aux toilettes. Les murs ne sont pas si épais, Marie entend sa belle-mère murmurer quelques phrases à son fils. Elle ne distingue pas le sens, sûrement encore des critiques sur la quiche surgelée qu'elle a servie.

À son retour, le silence s'est installé. « Je ne suis pas vraiment en forme pour me promener aujourd'hui. Mais allez-y sans moi. » Jeanne la regarde avec tendresse. De haut en bas, elle s'attarde sur sa silhouette, la déshabille littéralement. Son fils plisse les lèvres et hausse le menton en un signe approbateur. Marie termine sa part de tarte aux pommes en silence. Les en-cas sucrés sont la seule chose qu'elle puisse garder dans l'estomac ces temps-ci. Jeanne et Laurent se décident à partir. « Si tu as un problème, chérie, je garde mon portable. Tu m'appelles et je suis là. » Elle trouve cette remarque stupide. Elle a envie de lui demander où il était au moment de son viol. Maintenant, il veut qu'elle le rassure pour une gastro-entérite. Une mascarade. Elle embrasse Jeanne avec la même distance qu'entretiennent les gens contaminés par la grippe, s'excuse pour la quiche et repart se coucher.

Le dimanche à Paris est le jour préféré de Marie. Il y a le grand marché rue Mouffetard, dans le Ve, où elle se rend avec Sophia. Elle aime flâner pendant des heures dans cette rue. Elle connaît tous les commerçants, eux savent que c'est une cliente fidèle. La petite boulangerie côtoie les étalages de fromages et de poissons. Quand c'est la saison, elle va acheter son gibier là-bas. Marie prépare alors une grande cocotte fumante de daube de sanglier ou de chevreuil pour toute la famille.

Elle essaye d'enfiler sa robe pour partir rejoindre Sophia place Monge, mais elle a du mal à la fermer. Son mari entre dans la pièce et lui propose son aide. « C'est bizarre, elle a dû rétrécir au lavage. Ou alors j'ai trop mangé chez ma mère ces derniers jours. » Laurent garde le silence, il ne veut pas brusquer sa femme par un bonheur insensé. Si Marie s'assoit, sa robe autrefois fluide et vaporeuse va se déchirer par toutes les coutures. Elle ne se maquille jamais beaucoup. Seulement le teint et les lèvres. Malgré ses efforts, sa peau grasse ne lui laisse que peu d'options. Des petites rougeurs envahissent son visage, comme de minuscules piqûres d'insecte. Elle a mauvaise mine. Des cernes longent la courbe de ses yeux, assombrissent leur couleur verte. Ses cheveux bruns lavés la veille n'ont plus aucun volume. Son reflet la perturbe. Comme à chacune de ses sorties cette semaine, elle place une serviette hygiénique dans sa culotte. Elle va avoir ses règles, seulement un peu de retard. Elle déteste la sensation des coulures humides et ne pas y être préparée. Laurent entre dans la chambre pour dire au revoir à sa femme. Il l'embrasse dans le cou. Elle se détourne légèrement, ne supporte plus qu'on la touche. Les petites attentions de ses proches deviennent une tristesse, une souffrance pire qu'une maladie. Elle sent qu'elle ne devrait pas sortir, mais le soleil brille après d'interminables journées de pluie, le clocher de l'église Saint-Médard sonnera à l'heure du déjeuner, envahissant les rues du vieux quartier d'une douce nostalgie. Paris garde son souffle. Elle aura l'impression de ne pas pouvoir s'arrêter, d'être emportée par cette ville qu'elle aime tant, rassurée et encadrée par la douceur des pavés de la rue Mouffetard.

De retour à l'appartement, Marie dépose la dizaine de petits sacs sur le comptoir de la cuisine. Elle a acheté trop de fromage, mais n'a pas pu résister. En tournant la tête, au centre de la table à manger, elle distingue une boîte rose et blanche. Elle s'approche. « Ma chérie, quand je pense que tu n'as toujours pas compris... Je t'aime tellement. » La présence de Laurent la fait sursauter. Elle saisit la longue boîte. C'est un test de grossesse. Ses mains tremblent, la pression de ses tempes martèle son front, semble le déformer. Une sueur froide parcourt son ventre et son cou. « Je ne suis pas enceinte, je vais avoir mes règles. » Une semaine que Marie attend que son sexe saigne. Elle a toujours quelques jours de retard, alors elle ne s'est pas inquiétée. Marie sent la catastrophe se rapprocher. Le mur de plomb contre lequel elle va s'écraser apparaît. Il la défie. « Fais-le alors, si tu es si sûre de toi. Je sais ce que je dis, tu es ma femme et je connais ton corps. Je t'attends ici. »

Marie fulmine de colère. Comment ose-t-il lui dire qu'il connaît son corps ? Lui qui dès le lendemain du viol avait préféré la pénétrer de nouveau, fourrer ses gros doigts au fond de son vagin blessé et baisser la tête vers son entrejambe en l'attrapant par les cheveux. Elle ne veut pas. Elle ne peut pas faire ce test. Si elle accepte, elle deviendra folle. Dans cette société libérale qui exploite les désirs en fonction de l'effort, elle devrait être reine. Violée, bafouée, humiliée, abandonnée dans sa propre merde, le visage baignant dans le sperme encore chaud de son agresseur, elle aurait pu s'en remettre à la justice. Elle a choisi le silence. Chaque jour, le regard affligeant de reconnaissance de son mari renforce ses nausées. Laurent rit, parle, sort, boit, cuisine, dort. Incapable pour elle de produire le moindre plaisir nécessaire à l'amour. Marie a beau se persuader que le déshonneur qu'elle ressentirait en disant la vérité à son mari ne serait sûrement que peu de choses sacrifiées contre sa liberté, elle finit toujours par se résigner au mensonge, consciente de se trahir elle-même et de se détruire. Est-ce la peur de l'abandon qu'elle redoute tant, le sacrifice de son confort affectif et matériel auquel elle s'est attachée depuis des années, l'enchaînement à ses souvenirs de bonheur passé et d'amour partagé, l'adrénaline malsaine et inconsciente que procure le secret ? Peut-être est-ce pour toutes ces raisons à la fois qu'elle ne peut maintenant refuser de faire ce test. Elle ne se dérobe pas.

Marie avance dans le couloir pour rejoindre la salle de bains. Elle voudrait faire demi-tour, mais elle n'y arrive pas. Laurent la regarde de loin, commence à la suivre. Elle ferme la porte à clef et ouvre la boîte pour lire la notice. Ce n'est pas très compliqué, il suffit d'uriner sur le long bâton et d'attendre que les barres apparaissent. « C'est bon ? Tu as fini ? Ouvre, je voudrais être avec toi pour voir le résultat ! » Sous la pression, Marie pourrait se noyer dans la baignoire ou se trancher les veines avec son rasoir. Elle a le choix de savoir comment tout ça va finir. Sa respiration s'accélère, les battements de son cœur explosent dans sa poitrine, ses jambes glacées vacillent au bord de la cuvette. Elle emboîte le test avec le capuchon. Laurent frappe désespérément à la porte. Elle finit par ouvrir en le lui donnant. Il le saisit, l'arrache de ses mains avec la force d'un enthousiasme qu'elle ne lui a jamais connu.

Une barre. Elle n'est pas enceinte, elle le savait. Laurent est déçu. Ils peuvent jeter le test dans la poubelle, passer à autre chose. L'enfant sera pour plus tard. Elle repart vers la cuisine. Laurent la rattrape par le bras. « Attends, attends, ce n'est pas fini. Regarde ! » Une deuxième barre plus claire se dessine sur le côté. C'est impossible, il était négatif il y a une seconde. Très lentement, cruellement, le dessin lourd de ce second trait s'affirme jusqu'à apparaître entièrement, fixant définitivement le verdict. Deux barres. Enceinte. Laurent explose de joie dans les bras de sa femme. Marie ne sait plus. Les ouvriers font des travaux dans la rue depuis des mois. Elle entend le marteau-piqueur défoncer le béton. Ils lui versent du ciment sur la tête. La pâte lourde de gravier coule, s'effondre sur elle, l'immobilise, la brûle, l'enterre. Elle suffoque, sourit à Laurent, éclate en sanglots, se tord de douleur, vomit, puis sourit de nouveau, éclate de rire, pleure. C'est une grande farce.

Elle sait déjà qu'elle ne le supportera pas. Marie n'a pas de doute. Ce n'est pas l'enfant de son mari.

« Il faut que j'appelle ma mère ! Elle me l'avait dit au déjeuner ! Je le savais, c'est incroyable comme je suis heureux. Notre bébé ! Appelle ta sœur ! » Elle acquiesce dans la souffrance dissimulée. Cette grossesse est une ignominie, un destin contre nature. Avant cet instant et même après son viol, Marie n'avait jamais réellement senti le mal agir autour d'elle. C'est une ombre noire qui s'érige en son ventre, parcourt les fibres nerveuses de son sexe, infeste ses entrailles d'une puanteur atroce. Elle s'effondre au sol. Laurent hurle au téléphone dans le salon. La fraîcheur du carrelage raidit son corps à terre. Ses premières paroles seront pour sa conscience : « Ton bébé est maudit. »

« Je ne sais pas pourquoi, mais je le sentais. Je sentais que ce serait pour cette année, je l'avais dit à ton père ! » Sa mère peine à cacher son émotion. Toute la famille de Marie a été conviée pour le déjeuner. Seul le mari de sa sœur, en déplacement professionnel à Londres, n'a pas pu se libérer pour fêter sa récente grossesse. Marie sourit encore et toujours, chasse d'un faible revers de la main les paillettes multicolores que Laurent a disposées en guise de décoration sur la nappe. C'est abominable. Elle se demande comment elle en est arrivée là. Cette grande plaisanterie à laquelle tout le monde croit, cette stupide comédie qui illumine le visage de toute sa famille bien-aimée face à ses yeux coupables. Son père débouche la deuxième bouteille de champagne. « À mon bébé, qui va maintenant accueillir son propre bébé ! Je voudrais te dire à quel point ta mère et moi nous sommes fiers de toi, de ce que tu es et de tout ce que tu vas construire avec Laurent bientôt. On t'aime et on sera toujours là. Enfin… les nuits, c'est vous qui allez vous les coltiner ! » Les rires fusent dans la pièce ; de longues lames tranchent l'air, les requins fendent l'eau. Ces excès de joie sont insupportables.

La mère de Marie ne cesse de pleurer dans les bras de sa fille, commence à lui raconter son expérience de mère. Marie ne veut rien entendre, veut la gifler pour qu'elle se taise. Elle réclame un peu de silence, du calme. Personne n'écoute. C'est impossible. Marie doit ouvrir les cadeaux de naissance. C'est au moins ce qu'elle mérite pour porter l'enfant de son violeur. Des vêtements de bébé, deux robes de femme enceinte, de la vaisselle, des petits plaids molletonnés, un landau, des jouets. Elle n'arrive pas encore à entièrement réaliser. Elle est enceinte. Au fil des semaines, cela va vraiment commencer à se voir. Son ventre va gonfler, son corps se déformer, ses seins se rempliront de lait dont elle espère l'amertume assez forte pour que le bébé ne puisse pas téter.

Roxane a un présent très spécial pour elle. Marie déchire l'emballage de ce lourd paquet qui ressemble à première vue à un livre. Sur la couverture, que sa sœur a elle-même réalisée, les autocollants fantaisie se mêlent à un collage de photographies d'enfance de Marie. Elle va s'effondrer de douleur. Roxane pense qu'elle est émue, tourne les pages à sa place derrière son dos. Marie nourrisson dans les bras de sa mère à la maternité.

Marie qui fait du poney à six ans. Marie au ski avec son père qui lui apprend la position du chasse-neige. Marie à sa première soirée d'adolescente au lycée. Marie qui reçoit son diplôme à l'École de commerce. Marie à la mairie de Bois-le-Roi scellant son union avec Laurent. Marie en maillot de bain lors de sa lune de miel à Bali. Marie qui prépare son premier jour à la banque. Elle succombe. Elle va le dire maintenant, ça ne peut pas continuer. Où est la photographie de son viol ? Où doit-on placer ce dernier souvenir, le seul capable de tout interrompre, de tout salir, de vomir sur l'ensemble de ce catalogue parfait ? La femme idéale n'existe plus. Il n'y a plus de femme ni d'épouse, de sœur ou de fille. Il y a seulement la saleté, la colère et la noirceur de son entrejambe qui se tiennent là, bien en face d'eux. Les souvenirs sont maintenant faussés. Tout est anéanti. « Il ne manque plus que le petit maintenant. » Le petit, elle ne va pas le laisser vivre. Elle ne peut pas. Va-t-elle accepter chaque jour le regard de la progéniture de son violeur sur elle ? La cruauté d'observer Laurent préparer tous les matins le biberon de l'enfant qu'elle sait ne pas être le sien ? Le monstre est dans son ventre.

Roxane referme l'album photo en prenant sa sœur dans ses bras. Le bébé pleure dans sa chaise haute. Marie fait semblant de ne pas entendre les cris de son neveu. « Attends, il faut que tu t'entraînes un peu ! » Roxane prend son fils et le dépose soigneusement dans les bras de sa sœur. Une souffrance indescriptible lui brise les reins. Marie a l'impression qu'elle va bientôt tomber en lambeaux, se décomposer au pied du canapé sous la pression. L'enfant bouge beaucoup, tape ses petits pieds froids contre la poitrine de Marie. Ses pupilles tournent dans tous les sens. Sa grosse tête se tord de gauche à droite, il n'arrive pas à se stabiliser. Il crie, sent que quelque chose ne va pas. Laurent arrive pour aider Marie. Elle lui donne le bébé avec soulagement, un peu honteuse. Un léger malaise affecte soudain la famille. La sœur sourit en baissant les yeux. La mère détourne le regard. Laurent est déjà un père. Il prend l'enfant comme s'il était le sien, le cajole, l'enveloppe d'affection et d'amour, le couvre de caresses.

Il est déjà 3 heures. « On va laisser la future maman se reposer ! » Cette phrase claque dans ses oreilles comme la sonnerie du réveil que l'on oublie d'éteindre en vacances. Un peu avant, Marie discutait avec son père de ses contrats à la banque, de son plus gros client qui allait bientôt signer une assurance-vie à un million d'euros, de ses projets de carrière en banque privée. C'était un sujet intéressant. Elle avait presque oublié un instant. L'enfant a encore une fois tout gâché. Elle sait que bientôt, avec son gros ventre dégoûtant, il sera impossible d'oublier une seule seconde son calvaire. Ça n'arrivera pas. Elle va avorter secrètement. C'est seulement une question d'organisation et de discrétion. Le soir où elle a appris qu'elle était enceinte, Marie a essayé de trouver des solutions sur Internet. Elle a tapé sur le moteur de recherche « Grossesse après viol ». Ce n'est finalement pas très long à résumer, à peine trois vocables, mais c'était la première fois qu'elle réussissait à mettre des mots précis sur cette nuit. La France est un pays social, tolérant. L'interruption volontaire de grossesse est autorisée depuis 1975 par la loi Veil. Avant douze semaines de grossesse, toutes les femmes, si elles le désirent, peuvent avorter, pour quelque motif que ce soit. Marie va trouver un médecin et lui expliquer sa situation. Elle sera couverte par le secret médical, personne ne sera au courant. Elle prendra le dernier médicament le soir avant de se coucher, celui qui déclenche l'évacuation du fœtus. Elle se tiendra prête à souffrir seule et en silence pendant quelques heures. Le matin, tout sera fini. Une fausse couche. Les premiers mois, ça arrive souvent. Les draps couverts de sang seront les témoins fiables de ce drame. Laurent sera meurtri pendant quelques jours. Ils referont l'amour et cette fois-ci elle sera enceinte de son enfant.

Peu de personnes osent prendre leur vélo en hiver. Laurent voudrait que sa femme se préserve du froid, la gronde gentiment pour qu'elle évite le moindre risque, lui noue son écharpe autour du cou avant qu'elle ne parte au travail. Le verglas, les chauffards parisiens du matin, il a peur pour elle. Marie passe son temps à le rassurer. Pourtant, elle voudrait que le pire arrive. Se faire renverser par un camion ou glisser sous une voiture est ce qui pourrait lui arriver de mieux. Le ventre enfin vide. « Ce soir, je viens te chercher à l'agence en voiture. Paul nous attend à 19 heures au cabinet. J'ai hâte ! La première échographie, peut-être que l'on va voir quelque chose... » Son mari lui fait pitié. Il l'embrasse et part au travail. Il oublie son dossier posé près de la fenêtre. Marie le voit, ne lui dit rien, commence à prendre plaisir à son malheur. Laurent a insisté pour que Paul suive sa grossesse du début à la fin. C'est une catastrophe de plus pour Marie. Tout va être compliqué à mettre en œuvre, il remarquera chacune de ses tentatives, elle ne pourra pas se confier à lui comme une patiente normale. Il est le mari de sa meilleure amie, à qui elle n'arrive même pas à dire la vérité. L'échappatoire s'amincit.

Sur le chemin de l'agence, son portable vibre. Laurent veut savoir si elle est bien arrivée. Elle ne répondra que dans une demi-heure, le temps qu'il s'inquiète. Jamais son téléphone n'a autant sonné : Sophia lui dit qu'elle sera présente ce soir pour son premier rendez-vous avec Paul, sa sœur veut déjeuner avec elle demain, sa mère va préparer un bon ragoût pour leur visite de dimanche, Laurent s'inquiète parce qu'elle n'a pas assez mangé au petit déjeuner. Ça ne s'arrête jamais.

Ce matin, Hervé est encore plus désespéré que d'habitude. Sa femme a tenté d'empoisonner sa tourterelle hier soir. Il a vu le sachet de mort-aux-rats ouvert dans le tiroir de l'évier. Marie a des doutes sur les intentions réelles de son épouse. Peut-être qu'elle prévoyait de le tuer lui, et non le volatile ? Mais elle se tait, ne veut pas lui dire. La journée continue. Son travail est maintenant devenu un passe-temps, un hobby qui occupe son esprit torturé en attendant de connaître la suite du drame.

Il est 18 h 30 quand Laurent l'appelle. Il est dehors et l'attend dans la voiture. Marie sort rapidement de l'agence. La voiture est mal garée. En plein milieu de la route, les feux clignotent, les klaxons et les insultes retentissent. Laurent crie par la vitre pour qu'elle se dépêche. Dans la précipitation, elle percute une poussette. Le bébé hurle. « Non mais ça va pas ! Sale folle, il faut regarder quand on marche ! Vous avez failli le tuer ! » Cette dernière phrase résonne en elle. Elle voudrait prendre l'enfant, l'arracher à sa mère et le balancer au sol jusqu'à ce que sa cervelle s'échappe de son crâne. Frapper et encore frapper, assez fort pour l'enterrer dans le béton. Elle s'excuse et reprend son chemin en courant pour rejoindre la voiture. Encore sous le choc, elle n'embrasse pas son mari et lui demande de démarrer rapidement.

« La voilà, la future maman ! Ma chérie ! » Sophia en fait toujours trop. Elle se jette littéralement sur Marie, l'embrasse généreusement, rapproche son visage du sien, lui presse le corps. Marie se rend compte qu'elle n'aime pas les gens tactiles. Ceux qui touchent les mains, l'épaule, la cuisse dans des mouvements innocents, comme s'ils n'avaient pas conscience de le faire. Les odeurs de désinfectant qui imprègnent le couloir lui répugnent. Le cabinet de Paul est installé dans une aile de l'hôpital de la Salpêtrière, intégré dans le service de gynécologie-obstétrique. Paul est un peu plus âgé que Laurent. Ils se sont rencontrés par l'intermédiaire de Sophia, qui est amie avec Marie depuis l'enfance. Ce fut un véritable coup de foudre amical, de vrais amis, toujours présents l'un pour l'autre. Marie se souvient de la naissance de l'enfant de Paul et Sophia. Elle et Laurent s'étaient rendus à la maternité les bras chargés de cadeaux et de boîtes de chocolats, courant dans les couloirs pour ne pas être les derniers à voir le bébé. Maintenant, c'est leur tour. Marie imagine le pire, transie de peur et d'angoisses insensées. Et si l'échographie démontrait son viol ? Si le fœtus n'avait pas le même visage que Laurent, la même forme, la même façon de bouger ou de sourire ? Si Paul découvrait en l'auscultant les traces de son agression ? Elle se dit qu'un gynécologue aussi réputé que lui, habitué à recevoir des victimes de viol parfois plusieurs jours après leur agression, ne pourra pas passer à côté de ce qu'il lui est arrivé. Le corps d'une femme parle, témoigne des violences dont il a été victime. Elle regrette tout à coup son irresponsabilité. Paul va tout découvrir dès les premières secondes, relever la tête et demander à tout le monde de sortir de la pièce pour lui demander des explications.

« Allez ma petite ! Sur le siège ! On va voir si le papa a bien travaillé ! Si c'est un garçon, j'espère qu'il n'héritera pas des gènes du physique de son père ! » Tout le monde éclate de rire. L'ambiance est détendue, légère. Marie flotte au centre. Entourée et seule, accompagnée et abandonnée de tous. Après tout, peut-être que c'est le bon moment pour qu'ils découvrent la vérité. Marie se déshabille derrière le petit paravent. Elle sort, pudique, fait quelques pas hésitants vers Paul en tirant le bas de son chandail sur le haut de ses cuisses. Laurent trouve la pudeur de sa femme touchante. Marie s'installe sur le fauteuil d'examen. Ses jambes tremblent sur les étriers. « Je vais faire l'échographie. Ne t'inquiète pas, ce n'est pas douloureux. » Elle se sent comme un animal. Une grosse vache qui se fait ausculter le vagin sous le regard de trois étrangers vicieux. Paul insère le spéculum. L'ustensile froid glisse, comprime puis écarte désagréablement les bords de son sexe avant de ressortir lentement. Sa respiration se coupe un moment. Paul semble perturbé. Son visage se fige. Elle sent que la révélation est toute proche, presque soulagée que la vérité éclate enfin à la gueule de tout le monde, que cette mascarade puisse connaître une fin.

L'échographie commence. Paul saisit un long tube en plastique au bout rond recouvert d'un liquide gluant et l'introduit progressivement en elle tout en jetant un coup d'œil au grand écran disposé en face de lui. Il pianote sur son clavier, concentré et sérieux. Soudain, un large sourire détend les muscles de son visage. « Regarde, le voilà. Le fœtus est minuscule pour l'instant, mais dans quelques semaines tu pourras voir quelque chose. » Marie ne veut pas regarder. Paul pense qu'elle n'a pas remarqué l'écran destiné aux patients suspendu sur le mur de droite. Il lui indique du doigt, presque prêt à lui tourner la tête. « Là, ici, regarde. Regarde, c'est là. » Elle distingue une grande auréole blanche dans laquelle Paul lui désigne ce qui ressemble à un petit caillot noir. Laurent arrive près de sa femme. Il pleure. Paul le réconforte de plusieurs grandes tapes viriles sur l'épaule. Marie détourne les yeux de l'écran. Le fœtus ne présente encore aucune caractéristique humaine : pas de tête, pas de pieds ni de sexe. Mais il va bientôt apparaître, se matérialiser. Des visites comme celle-ci, il va y en avoir tous les mois.

Marie se lève péniblement de son siège pour aller se rhabiller. Derrière le paravent, elle entend les cris hilares de Sophia : « C'est ma tournée de champagne ce soir ! La première échographie ! » Encore une fête du viol. Marie n'a pas le souvenir d'avoir été aussi enthousiaste pour la naissance de son neveu ou de l'enfant de Sophia. C'est comme si tout le monde était au courant de son agression et voulait lui faire payer son mensonge en décuplant sa joie de la savoir enceinte ; une simple vengeance.

« Par contre, il y a une petite mycose qu'il faudra traiter. Mais pour le reste, tout est parfaitement normal. On contrôlera tous les un ou deux mois. » La mycose. La raison stupide pour laquelle Paul a froncé les sourcils. Il imprime l'image échographique en guise de souvenir. Laurent veut l'encadrer. Les vraies preuves ont, elles, complètement disparu, le dossier est classé sans suite. Il ne reste plus que l'enfant des sévices pour consoler Marie.

« À la vie ! À l'enfant de ma meilleure amie ! À la femme que tu es devenue, que j'aime et que j'admire jour après jour depuis quinze ans ! » Tout le monde lève sa coupe de champagne. Marie sourit, son verre de Coca-Cola à la main. Elle se dit que si Sophia savait la vérité, elle ne l'admirerait certainement pas autant. Laurent embrasse sa femme. Les clients de La Rotonde félicitent de loin la jeune maman. La semaine prochaine, ils vont commencer les travaux dans l'appartement pour préparer la chambre du bébé. L'ancien bureau de Laurent et Marie n'existera plus. Il faut faire de la place pour accueillir l'enfant. Marie va devoir sacrifier son propre espace, en plus de son temps et de son corps, pour parfaire les préparatifs de cette arrivée. C'est un peu comme organiser un anniversaire-surprise à son directeur. Le décor du restaurant est somptueux. Ce que Marie aime le plus à Paris, ce sont les vieilles brasseries, l'atmosphère Belle Époque, l'élégance des serveurs agiles qui circulent entre les tables, leur accent parisien et leur air bougon, les plats français simples et délicieux qui sont toujours servis dans des assiettes estampillées du nom de la brasserie. Tous ces endroits qu'elle aimait fréquenter avant son viol lui donnent maintenant envie de mourir. Elle n'écoute plus la discussion, entend vaguement que l'on parle du papier peint pour la chambre.

« Le magret de canard aux cèpes et purée pour Madame. » Laurent lui demande s'il peut goûter. Elle déteste les gens qui veulent goûter les plats des autres, qui veulent échanger une bouchée contre une autre pour tester la différence et qui finissent par penser que le plat de l'autre est meilleur que le leur.

« Moi pour mon premier, c'est passé comme une lettre à la poste. C'est mon mari qui a eu plus de mal à tenir debout. » La grande bourgeoise de la table voisine participe maintenant à la conversation. Tout le monde donne son avis, laisse un petit commentaire sur sa propre expérience. Personne ne remarque son silence. Le rideau se lève. Chacun tient son rôle dans cette comédie absurde. Laurent est ivre. Il hurle sa satisfaction d'être bientôt père, pose sa main sur le ventre de sa femme. On s'attendrit sur ce bonheur naturel.

Le repas terminé, Paul paie l'addition. Sophia aide Marie à se lever, la soulève avec un soin extrême comme si elle était devenue paraplégique. Le boulevard du Montparnasse est toujours en mouvement. Les voitures circulent à une vitesse folle sur la grande route éclairée. Ils veulent prendre un taxi pour rentrer. Un camion va arriver à leur hauteur dans quelques secondes seulement. Il roule vite. Il est capable de tuer Marie, de l'écraser en une seule fois. Elle n'a que trois pas à faire pour se jeter sur la voie et arrêter ici son calvaire. Elle s'avance, s'échappe. Le premier pied descend du trottoir. On la tire par le bras. « Mais qu'est-ce que tu fais, chérie ? La station est de ce côté. Tu es fatiguée, on va rentrer. » Marie est perdue, isolée. Elle croise le regard d'une vieille dame qui traverse le passage piéton pour rejoindre l'entrée d'un restaurant. Elle se pense soudain comprise. Elle a le même regard qu'elle. Elle aussi a été violée, elle en est certaine. C'est une compréhension commune, un appel entre deux femmes qui se reconnaissent. Marie se détache de Laurent pour aller lui parler, prétextant qu'elle est l'une de ses bonnes clientes. Laurent, interloqué, reste encore quelques instants à discuter près du taxi avec Paul et Sophia tout en gardant un œil sur sa femme. Elle court pour rattraper la vieille dame, saisit sa main. Son regard désespéré croise le sien. « Vous savez. Je le vois, vous savez ce que j'ai, ce qu'il m'est arrivé. » La femme la regarde un instant. Son visage change. Elle ne comprend pas, lui demande si elles se connaissent, si elle a un problème qui nécessite son aide. Marie lâche aussitôt sa main. C'était une erreur. Elle s'est trompée de personne, une simple confusion, une illusion. Elle s'excuse, meurtrie par sa folie qu'elle voit éclater au grand jour.

Elle repart sur le boulevard pour rejoindre Laurent. « Alors, ça va ? Je ne savais pas que tu parlais à tes clients en dehors du travail. » Ils montent dans le taxi. Elle était tellement certaine de cette rencontre. Sa déception est immense. Peut-être jamais dans sa vie une telle occasion ne se présentera de nouveau. Laurent regarde sa femme. Son haleine de cognac empeste la voiture. Marie observe les passants à travers la vitre. Qui peut comprendre son cauchemar ? Qui sera là pour l'aider, la sortir de cette impasse ? Soudain, la réponse entaille son ventre. Tout est clair. Elle est seule. Elle sera seule du début à la fin, luttera contre son enfant sans relâche ni aide. Si elle doit agir, elle ne prendra rien d'autre en compte que son instinct. La colère qu'elle attend depuis si longtemps s'empare enfin d'elle. Son mari s'est endormi, le visage écrasé contre la fenêtre. Le chauffeur de taxi est silencieux. Sur des notes légères de musique orientale s'élèvent de minces chuchotements : « On ne me laisse pas le choix. On ne me laisse pas le choix. On ne me laisse pas le choix… »

La mère de Marie les accueille toujours sur le perron de la maison. Les mains jointes, le regard doux et maternel, la joie sur son visage de passer la journée en famille. Roxane et son mari ne vont pas tarder à arriver. C'est le cinquième mois. Le ventre de Marie s'est bien arrondi. Laurent sort de la voiture pour aider sa femme à sortir. Elle porte la robe de grossesse que sa sœur lui a offerte. Ses vêtements ne lui vont plus depuis plusieurs jours. « Voilà la beauté ! Tu es magnifique. » Évidemment, c'est faux. Marie a déjà pris beaucoup de poids. Elle passe ses journées affalée au bureau à s'empiffrer de chips et de bonbons. Le soir quand elle rentre, elle aime se préparer de grands sandwiches de Nutella, des salades de cornichons aux pommes de terre ou des cakes aux olives qu'elle finit seule avachie de toute sa graisse sur le canapé. Laurent ne s'inquiète pas de cette boulimie et trouve naturel qu'une femme enceinte mange plus que d'habitude. Paul a confirmé.

Marie et Laurent se rendent au cabinet tous les derniers vendredis du mois. Elle n'est jamais seule. Cette absence d'intimité n'a jamais pu lui permettre de parler ou de donner à Paul la moindre piste sur sa situation désespérée. Elle est définitivement coincée.

La maison est très grande, trois étages. Roxane est arrivée dans le salon avec son mari qui donne le biberon au bébé. Il félicite chaleureusement Marie, la prend dans ses bras. Julien est un bon père de famille, un mari aimant, gentil, intelligent, attentionné, sociable et cultivé, occupant un poste intéressant de chef de projet dans un cabinet d'architectes. Il fait partie de ces hommes sans défaut visible, sans aucun problème susceptible de menacer l'équilibre de l'ensemble. Ce sont des constructeurs, des castors, qui jour après jour mettent en place les éléments fondateurs, les bases de l'infrastructure de leur existence. Marie était comme ça aussi avant. Maintenant, elle voudrait tout détruire d'un revers de main.

Ils passent à table. Sa mère a préparé des noix de Saint-Jacques à la crème, le plat préféré de son mari. Elle apporte le grand plat fumant à table. « On t'a vu à la télé hier soir ! Ton mari est une star. Peut-être que votre enfant sera avocat lui aussi ! » Un reportage sur l'affaire Lancarde a été diffusé la veille sur une chaîne publique. Laurent a accordé un entretien aux journalistes qui réalisaient l'enquête. Il est gêné, mais heureux de faire son petit effet sur la famille de Marie. « Et toi, ma chérie ! Le travail, tu tiens le coup ? Laurent nous a dit que tu étais malade la semaine dernière. Tu vas mieux ? »

La semaine dernière, c'était la réunion de fin de trimestre, orchestrée une fois encore par le directeur de l'entité, son violeur. Quand sa collègue lui a rappelé cette réunion la veille, Marie a hésité. Elle y songeait depuis longtemps, des nuits entières à imaginer les différents scénarios possibles de cette rencontre. Devait-elle faire face à son agresseur ou au contraire le fuir ? Elle a choisi la deuxième option. C'était d'abord la peur. La honte existait, mais ce n'était pas aussi paralysant que l'angoisse de se faire agresser une seconde fois. Il aurait pu y avoir trois cents personnes dans cette salle de réunion, Marie aurait toujours ressenti la peur irrationnelle de se faire violer aux yeux de tous par cet homme. Elle n'a pas encore informé officiellement la direction de la banque de son congé maternité. Il est probable que son directeur ne sait encore rien de sa grossesse. Et quand il sera au courant, quelle sera sa réaction ? Elle ne peut pas le savoir, il faut encore attendre.

On prend le dessert dans le jardin d'hiver. La lumière blanche du jour éclaire violemment la véranda. Marie dévore la mousse au chocolat que sa mère a préparée. Elle n'a pas droit au champagne, seulement à un petit verre de cidre doux. Elle respecte étrangement les consignes de Paul : ne pas boire d'alcool, faire quelques exercices le matin, dormir à heures régulières, s'hydrater souvent, prendre soin de son corps par de petits massages. Une vraie thérapie, une hypocrisie sans nom. Elle n'en veut pas de ce bébé. Toutes ces nausées, cette fatigue permanente, ces diarrhées, ces aigreurs d'estomac, cette cellulite qui massacre son corps autrefois lisse et ferme, ces vagues de transpiration puante qui inondent ses draps, sa peau grasse parsemée de perpétuelles rougeurs, ses cheveux ternes, son haleine de chien. C'est une souffrance inutile comme celle que subissent les femmes enceintes les premiers jours avant d'avorter. Leur corps change déjà, mais leur esprit reste le même. Elles n'éprouvent aucun bonheur à sentir l'enfant grandir en elles, elles savent qu'il n'existera jamais. Marie a oublié de prendre sa tension ce matin. Paul veut qu'elle le fasse deux fois par mois par simple précaution, après une légère chute de tension la semaine dernière. Marie doit monter au premier étage pour chercher l'appareil. « Non, j'y vais, chérie. Tu restes assise ! » Marie s'énerve. Elle n'est plus une enfant, elle en a assez d'être traitée comme une assistée. Laurent renonce en lui demandant de bien souffler en montant l'escalier.

De nature nostalgique, la mère de Marie a décidé de ne pas toucher à la chambre de ses filles après leur départ de la maison. Chaque chose est restée à sa place, comme un musée des souvenirs ; une grande affiche de chevaux un peu jaunie à certains endroits est encore scotchée au-dessus de son lit, des photographies de ses vacances avec ses parents et sa sœur, des dessins enfantins que sa mère a soigneusement encadrés, sa petite lampe de chevet qu'elle a fabriquée elle-même lors d'un séjour en colonie, son vieux bureau en chêne que son père a déniché aux puces de Saint-Ouen et sur lequel elle a révisé tous ses examens. Son reflet dans le miroir de la grande armoire l'achève. Depuis quelques jours, elle a décidé de décrocher toutes les glaces et tous les miroirs de son appartement pour ne pas avoir à subir son image. Ses yeux parcourent son corps de femme avec amertume. Ses seins lourds la révulsent, son gros ventre, ses larges cuisses, ses mains sèches. Quand a-t-elle cessé d'être une petite fille pour devenir une femme ? Elle se souvient très bien de ses premières règles et de l'angoisse terrible qu'elle a ressentie lorsque sa mère lui a expliqué qu'elle perdrait du sang par son sexe. Elle avait douze ans. C'était en cours de mathématiques. Les premières douleurs au bas du ventre, la première sensation de culotte mouillée, la première vision de ce long filet de sang s'écoulant lentement entre ses jambes dans la cuvette. Elle se rappelle avoir porté à son visage le papier après s'être essuyée pour bien observer les taches rouges qui l'imprègnent, les petits caillots noirs s'étaler, avoir passé ses doigts sur son sexe pour palper le sang chaud et gluant, avoir senti pour la première fois cette forte odeur de fer qui se dégageait des toilettes. Elle avait attendu des jours avant de le dire à sa mère et avait lavé secrètement son pantalon dans le lavabo de la salle de bains pour faire disparaître les traces de sang. Elle avait honte. La honte qui prend les femmes du début jusqu'à la fin de leur vie. Toujours la même. La honte du corps qui n'est pas parfait, qui n'est pas blanchi, désapprouvé par la vertu collective. Le corps qui souffre, gémit, se tord, saigne, change, évolue, grossit et mincit, pénétré toute sa vie, engrossé, ouvert, vidé, refermé, gonflé et dégonflé en fonction des épreuves, bourré de paracétamol et d'ibuprofène pour le contraindre à se calmer. Marie le sait, cette période sereine de l'enfance qu'elle fantasme aujourd'hui est passée. La voix de l'innocence s'est tue. Elle cherche dans son sac le tensiomètre que lui a donné Paul. Un vertige la prend soudain, furtif, mais assez fort pour qu'elle ne puisse plus rester debout. Après un temps de repos sur le lit, elle décide de repartir dans le salon rejoindre sa famille. Les marches hautes de l'escalier lui semblent insurmontables. Ses pieds se posent lentement sur le bois moquetté. Ses mains s'agrippent à la rampe, mais glissent peu à peu vers le bas. Elle sait qu'elle ne va pas lutter ni crier au secours. Sa tête est lourde, ses vertiges sont de plus en plus forts et rapprochés, son esprit l'abandonne. Son corps se laisse tomber dans l'immense spirale pour venir s'écraser en bas des marches. Elle est consciente. Marie aurait simplement pu s'asseoir ou attendre un moment pour appeler son mari. Toute la famille accourt dans le couloir. Le corps de Marie est étalé, presque disloqué. Du sang coule de son front, sa jambe s'est désarticulée dans sa chute. « Il faut appeler une ambulance ! Vite ! Vite ! » Ils veulent la sauver. Elle n'en demande pas tant. Marie quémande depuis des mois le silence. Elle touche enfin à son but, elle ne distingue plus aucun son, mais conserve une mince conscience de ce qu'il se passe en ce moment autour d'elle. Son mari veut la soulever pour la transporter sur le canapé du salon. Roxane lui crie dessus. Il ne faut surtout pas la bouger avant de savoir ce qu'il se passe, une hémorragie interne et ce serait fini. Ils se disputent, Laurent hurle. Il a peur pour sa femme. Il a peur pour le bébé. Il faut sauver l'enfant.

Marie aurait voulu ne plus jamais ouvrir les yeux. Le visage de sa mère lui apparaît de plus en plus distinctement. Elle lui caresse doucement les cheveux, lui demande de prendre son temps, de ne pas essayer d'aller vite : « Ne t'inquiète pas, ma chérie. Tout va bien maintenant, seulement une jambe cassée et une entaille à la tête. Le bébé va bien, il est en parfaite santé. C'est fini maintenant. » Il est encore vivant. Cet enfant s'accroche, survit presque à sa mère, noircit encore les fibres de son ventre, se développe fièrement pendant qu'elle meurt de chagrin et de douleur dans cet hôpital.

Laurent entre dans la salle, murmure quelques mots et s'élance vers Marie pour l'embrasser. Il empeste l'alcool. « J'ai eu tellement peur ! Quand je t'ai vue au sol, j'ai cru que j'allais mourir… Le bébé va bien, c'est un costaud, il résiste ! »

Marie voudrait se lever, mais une intense douleur parcourt sa jambe. Un plâtre bleu ankylose une partie de son mollet droit. Tout son corps est immobilisé, plaqué contre ce lit dur. Elle ne sent plus le matelas la soutenir ni les draps la couvrir. C'est une morte, bien vivante.

Paul arrive, affichant son plus beau sourire. Il lui donne des nouvelles positives de sa grossesse, lui montre l'échographie qu'il a pratiquée la veille, une radiographie de sa jambe, les résultats sanguins. Marie se demande s'il n'y a pas un ordre de priorité médical dans les cas comme le sien. Elle est en France, un pays civilisé et protecteur, garantissant le droit des femmes et leur sécurité. Jamais une seule fois depuis son viol et sa grossesse on ne lui a demandé si elle voulait garder cet enfant. À chaque femme enceinte on devrait poser cette question au moins une fois lors de la première consultation gynécologique. L'harmonie conjugale n'est jamais une raison suffisante pour attester un bonheur sincère ni une réelle envie de maternité. La femme peut être sous influence ; une épouse battue, violée, agressée une ou plusieurs fois, moralement ou physiquement meurtrie. On ne sait jamais ce qu'il se passe vraiment dans l'esprit d'une femme. Là encore, après s'être écroulée dans les escaliers, les premières nouvelles que Marie reçoit sont celles de l'enfant à naître et non les siennes. Elle ne représente qu'un ventre. L'enfant reste prioritaire, presque sacralisé. « Tu vas rester ici encore deux jours pour que l'on soit sûrs que tout se passe bien.

Dans certains cas, il peut y avoir un risque de décollement placentaire, alors il vaut mieux faire attention. Le médecin qui a opéré ta jambe va passer dans quelques minutes. Pour le moment, repos, repos et repos ! »

Elle ne va plus pouvoir travailler à l'agence. On la condamne à rester au lit pour scruter toute la journée son ventre grossir, pour bien sentir l'enfant bouger et prendre vie en elle sans danger. Plus aucune distraction ne lui épargnera la pensée de ce drame. Paul veut que Marie se repose. Elle doit reprendre des forces. Sa mère et Laurent l'embrassent. Roxane et son père sont restés dehors pour ne pas brusquer son réveil. Tout le monde sort de la chambre. Le silence qu'elle attendait s'installe enfin. La grande baie vitrée qui borde son lit est entrouverte, laisse échapper un léger courant d'air frais qui lui caresse le visage. Les vitres ne peuvent s'ouvrir que d'un quart. Elle entend les feuilles des arbres frissonner sous le ciel gris, des enfants crier, les infirmières rire aux éclats dans le couloir. La sonnerie de son téléphone. Elle se détourne pour attraper son sac. La perfusion lui fait mal, elle déteste se sentir attachée par cette aiguille à chaque mouvement. Elle a reçu un message : « Je vois que tu n'as pas eu le courage de renoncer. Comme lors de cette belle soirée ensemble dans ma voiture. Continue comme ça, en silence, sagement, et tout se passera pour le mieux. » Il est au courant. Il est fier d'elle, de sa détermination à garder le secret. Marie lâche le téléphone. Une rage indescriptible l'éveille, lui comprime le ventre. Sa respiration s'accélère. Il la défie par ce message, énonce le mot « courage » comme la victoire finale de son acte.

Marie fouille dans son sac, cherche le canif qu'elle s'est acheté après son viol pour assurer sa sécurité. Elle va enfin pouvoir l'utiliser. Ces longues heures devant son miroir à s'exercer, à le sortir de son manteau le plus rapidement possible pour atteindre son agresseur. Elle s'en empare et le glisse sous les draps. Elle retire sa culotte et insère lentement la lame entre ses cuisses. Elle va tuer le bébé, taillader de toutes ses forces ce fœtus de l'intérieur, le crever, l'empaler sur le tranchant de son arme. C'est son acte de guerre. Lors de la dernière échographie, Marie et son mari ont clairement distingué sa tête difforme, ses jambes flasques, son ventre tendu, le tout flottant dans le liquide amniotique qu'elle espérait être suffisamment âcre et acide pour qu'il s'étouffe et se noie. C'est un vrai bébé qu'elle va tuer, plus seulement le petit point noir du début. Elle sent la lame froide traverser les parois de son vagin. Elle ferme les yeux, serre les dents. Elle va l'enfoncer d'un coup sec au fond de son ventre, déchirer ses tripes en le tournant dans tous les sens, pour être certaine d'en finir pour de bon.

On toque à la porte. « Bonjour, je suis le docteur Harcourt. Je vous ai opérée ce matin, je viens prendre de vos nouvelles. Mon confrère m'a dit que le bébé était en bonne santé, c'est très bien. » Elle retire discrètement le canif. Elle n'y arrivera pas, on ne la laissera pas faire. Le monde est contre elle. Le destin ne tourne que dans le sens contraire à ses espérances. Ils veulent tous que cet enfant naisse, alors, qu'il en soit ainsi. Marie accepte son sort. Elle est à bout de forces. Elle renonce à tuer son petit. Il est trop tard, le moment est encore passé. Elle va mener cette grossesse à terme, soutenue par son mari, sa famille et ses amis qui s'assureront de réunir les meilleures conditions pour mettre au monde le succès de son viol. Les souvenirs de cette nuit jaillissent de sa mémoire. Elle revoit maintenant cet homme, son corps suintant de plaisir jouir en elle dans un long râle qui, sur le coup, lui a semblé interminable. Marie ne sait pour quelle raison obscure ce moment lui a échappé, pourquoi elle n'a rien fait pour éviter le pire, pourquoi elle n'est pas allée dans une pharmacie de nuit prendre la pilule du lendemain, un traitement post-exposition pour prévenir les maladies sexuelles comme le sida ou simplement faire un test de paternité pour être fixée sur son sort. Au lieu de ça, elle est seulement rentrée chez elle pour prendre une douche et se coucher. C'est de sa faute. Elle préfère le doute à la vérité. Elle a honte, culpabilise, se trouve idiote de ne pas avoir réagi autrement. Dans cet hôpital, elle paye le prix fort et, pour une fois, tout le monde semble d'accord avec elle. Le médecin s'arrête dans son discours : « Avez-vous des questions ? » Aucune.

Ce lundi soir, en sentant le liquide blanchâtre s'écouler entre ses cuisses, Marie repense à son viol. Lorsque son sang se mêlait à sa merde et le vomi à son sang. La douleur traverse ses reins, son ventre, ses bras et ses jambes. Marie se sent mourir. Les mains crispées sur le drap trempé de sueur, son corps flotte au centre d'une souffrance physique impossible à maîtriser. Le grand sentiment de peur longtemps oublié réapparaît avec la même violence qu'auparavant. Elle n'est plus capable de distinguer les sons. Une infirmière lui serre la main et l'encourage à pousser encore plus fort. Chaque contraction lui déchire le corps. Peut-être qu'elle va mourir sur cette table avant même de voir son enfant naître. Son bassin va finir par se briser sous la pression. Treize heures de travail. Il ne veut pas sortir de son ventre. Elle regrette soudain d'obliger ce petit à venir au monde. Lui n'a rien demandé. Si elle lui explique plus tard que c'était un viol et qu'elle n'a pas eu le courage de dire la vérité à son mari, peut-être qu'il lui en voudra un peu moins. Sa tête traverse son périnée. Marie se sent comme un putain d'animal. Paul appuie sur le bas de son ventre en hurlant, insère une partie de sa main dans son vagin pour en écarter les parois et aider le bébé à passer sa tête. Le périnée est trop étroit. « Il faut peut-être une épisiotomie… Non, non, on oublie, ça va passer comme ça. » On parle en son nom, on prend les décisions à sa place, elle n'a rien à faire à part pousser. Les yeux de Marie sont grands ouverts. Elle entend tout, sent tout. La péridurale n'est pas efficace, n'élimine pas entièrement la douleur. Elle pense que tout à l'heure, elle va devoir prendre la décision de tuer ou non le bébé. Elle attendra que toutes les infirmières et Paul sortent de la pièce pour agir. Elle ne l'aime pas et ne l'aimera jamais, il vaut mieux pour lui qu'il ne s'épuise pas à vivre inutilement, qu'il retrouve son espace d'origine. Elle a tenté de le faire disparaître avant, mais cela n'a pas marché, on l'en a empêchée. Il est aussi possible que la vie prenne le dessus. Qu'au moment où leurs regards se croiseront, quelque chose se passe et la retienne de l'étrangler. L'enfant pousse un cri exécrable. À peine arraché de son vagin béant, on apporte à Marie cet être difforme, bouffi, recouvert de liquide amniotique, de sang et d'un enduit cireux blanc. Sa peau est sèche, un peu translucide. Elle peut voir ses vaisseaux sanguins à certains endroits. Il est monstrueux. Le gros moignon humide de son cordon ombilical est collé à son ventre. Ses pieds glacés tapotent légèrement sa poitrine. L'enfant commence à ouvrir les yeux, mais elle tourne rapidement la tête. Son regard errant lui fait pitié. Des sécrétions collantes s'écoulent de ses yeux. Un liquide vert sort de ses fesses et s'étale sur ses jambes nues. Une odeur acide, mélange immonde de goudron, de transpiration et d'urine, se répand dans toute la pièce. Son pénis violacé est enflé, gonflé, presque enflammé. On dirait que le bébé vient de se faire violer ou tabasser. Marie tente de contenir son dégoût. L'infirmière lui sourit bêtement comme pour la persuader que ce qui est en train d'arriver est un pur moment de bonheur, qu'elle doit se réjouir d'avoir extirpé ce fœtus de son gros bide. « Je te présente ton fils, ma chère Marie. » On ne présente pas un enfant à sa mère. Elle le connaît déjà mieux que personne. Elle n'a plus le choix maintenant, il faut qu'elle regarde son fils. Ses petits yeux plissés peinent à s'ouvrir. Il se tord dans tous les sens, commence à hurler. Marie se sent fatiguée tout à coup. Son souffle s'épuise. Ses yeux se referment lentement. On lui prend le bébé des bras, elle tombe en arrière, baisse la garde, ne lutte plus. Son corps semble se vider entre ses jambes. Elle entend des cris lointains : « Sa tension chute. 5 Hg. Elle est inconsciente. Appelez l'équipe d'urgence au bloc 2. » Marie n'a pas peur. Elle sait que tout le monde s'occupera une fois encore d'elle à sa place.

« On a eu vraiment peur, tu sais... Tu n'arrêteras jamais avec tes bêtises ! Mais tu as bien travaillé, regarde comme il est beau notre fils. Notre petit Thomas. » Thomas, le nom de son grand-père. Laurent est assis en face d'elle, le nourrisson dans les bras. Son corps est lavé, propre et présentable. Laurent le dépose lentement dans les bras de sa femme. Elle le regarde, l'analyse, tente de déceler les premières ressemblances physiques avec son violeur. Elle scrute la longueur de ses mains, de son nez, la couleur de ses yeux, sa peau, la forme de sa bouche. Tout est trop petit. Il est trop tôt, mais déjà, elle en est certaine, ce n'est pas l'enfant de son mari. Jeanne est présente dans la chambre auprès de son fils. Elle récuse les pensées secrètes de sa belle-fille, pense que le petit Thomas ressemble « comme deux gouttes d'eau » à Laurent quand il est né.

Une infirmière entre à son tour dans la pièce. « C'est

l'heure de la tétée. » Marie ne voulait pas allaiter son fils, une décision qui a déclenché de grandes disputes avec son mari qui est totalement opposé à l'idée du lait industriel. Elle a fini par accepter. La minuscule bouche de l'enfant s'approche du sein chaud de Marie. Ses mains se crispent, elle a peur. La sensation est dérangeante, perverse. Ce bébé, fruit de son viol comme elle en est persuadée, suce son téton, le lèche, le déforme, le serre entre ses gencives saignantes sous les yeux attendris de son mari et de sa belle-mère. L'humiliation est trop forte. Elle demande à tout le monde de sortir de la chambre pour être seule avec son enfant. Ils s'exécutent sans poser de questions. Les larmes de Marie s'écoulent lentement sur le crâne du bébé qui continue de téter. Cet enfant l'attendrit par son innocence. Elle se sent proche de lui, reconnaissante soudain de l'avoir porté en son ventre dans ces instants douloureux de sa vie comme s'ils avaient partagé la même épreuve, tous deux victimes du même malheur. Marie voudrait l'aimer. Elle caresse le duvet blond de son minuscule crâne, soulève ses petits doigts qu'il serre instinctivement en sachant être ceux de sa mère. Marie ne supportera pas de voir Thomas grandir. Le nourrisson d'aujourd'hui la bouleverse, l'homme de demain la terrifie. Un homme avec un sexe, une virilité, un corps, des mains plus fortes que les siennes, une odeur, une voix, un destin de mâle, un sauvage. Si Marie avait eu une fille, les choses auraient certainement été différentes. Elle aurait nourri moins de haine et d'amertume à son égard. Elle aurait voulu au contraire la protéger de tout, la garder près d'elle pour qu'elle ne souffre pas les mêmes tourments. Ce serait devenu un combat intime. Le regard de Marie se fixe sur une grande affiche placardée face à son lit : « Commencez votre vie de maman en toute sérénité ! » On propose aux femmes des ateliers de sophrologie, de développement personnel, de discussion sur le nouveau rôle de parent, la rééducation du périnée pour une reprise rapide de l'activité sexuelle après l'accouchement.

On frappe à la porte. « Je suis désolée, mais je pense qu'il faut changer le bébé. Je peux vous montrer si vous voulez. » Marie détache l'enfant de son sein. Il régurgite une partie de son lait sur elle. Une odeur aigre lui remonte au visage. L'infirmière enlace précautionneusement le bébé, l'enveloppe dans une épaisse couverture et le dépose sur la table à langer installée près du lit. Marie ne veut pas revoir son enfant nu. La première vision de son sexe l'a épouvantée.

Laurent arrive, accompagné de sa mère et de son père, de Roxane et de son mari. « Oh, mon Dieu, mais il est magnifique… Mon neveu, le petit Thomas. » Sa sœur regarde l'enfant en premier, le second regard est pour Marie. Bientôt la chambre accueillera toute la famille. Pendant des jours, ce sera le carnaval, des va-et-vient permanents d'amis, de proches, de collègues. De grandes exclamations sur la beauté de l'enfant, puis on félicitera la mère au passage d'avoir bien travaillé. C'est injuste d'être à ce point incomprise. Aucune femme ne mérite d'être traitée aussi salement. Un petit cercle se forme autour de l'enfant. Allongée sur son lit, Marie est exclue. C'est une simple spectatrice. Paul arrive, accompagné de Sophia. Tout le monde est là maintenant. L'histoire continue sans relâche, apportant la tension nécessaire pour aboutir au pire. Le bouchon de champagne saute. Laurent a vraiment pensé à tout.

Thomas fête ses deux mois jour pour jour. Son père accroche son cadeau sur la poussette, un petit lapin en peluche qui égrène quelques notes de musique, sous le regard médusé du bébé. Le vent souffle, le ciel s'assombrit en quelques secondes. Les promeneurs courent sur les planches longeant la grande plage normande pour échapper à l'orage qui se prépare. Marie rajuste la chemise du petit. À travers la grande baie vitrée du restaurant, elle regarde les vagues qui s'écrasent au large. Laurent joue avec son fils, le taquine : « La plage, ce sera pour demain, je crois. Sa première petite promenade ! Mon grand bonhomme qui a deux mois déjà ! » Il l'embrasse dans le cou, le soulève, l'enlace, fourre son visage dans la poussette. Marie ne prête plus attention à cette tendresse. Elle pense que toutes ces démonstrations d'affection n'ont pas lieu d'être puisque tout est faux depuis le départ. C'est un grand mensonge qui continue simplement dans la banalité d'une vie de famille. Nathalie, la tante de Laurent, habite toute l'année à Deauville. Partie trois semaines en Martinique avec son mari, elle leur a proposé de venir passer quelques jours chez elle pour profiter de cette grande villa nichée sur les hauteurs de la ville. Marie aurait préféré rester à Paris, mais Laurent, épuisé par ses nombreuses affaires en cours et sa nomination récente à la codirection du cabinet, l'a convaincue de partir profiter de l'air frais de la Normandie.

Ils ont prévu de se rendre à Honfleur après le déjeuner. Thomas doit être changé. Marie s'échappe. Laurent part aux toilettes avec l'enfant pour changer sa couche. Les minutes passent. « Ils n'ont pas de table à langer ici. On va le faire dans la voiture plutôt. Tiens, prends-le, je vais régler et je te rejoins. » Marie tient toujours le bébé de façon maladroite, comme si elle allait le faire tomber. Thomas hurle soudain. Son père se retourne, inquiet, surveille sa femme de loin, puis détourne la tête vers le serveur pour payer.

Marie se dirige vers la voiture. À chaque fois qu'elle doit changer la couche de l'enfant, elle a peur. Elle ne veut pas voir ni toucher son sexe. Elle détache les bords de la couche, la roule pour la jeter hâtivement dans un sac en plastique. Elle ne lave pas les fesses de son fils avec les lingettes, elle préfère regarder ailleurs. Le bébé, lui, la regarde. Marie lève ses petites jambes grasses par les pieds et attache la couche propre. Laurent arrive, vérifie si tout va bien. Il ne sait pas pour quelle raison, mais il préfère toujours savoir ce que fait sa femme. Il ne la soupçonne de rien, trouve qu'elle est une bonne mère, mais ressent depuis le début la nécessité de l'aider et de la soutenir dans chacun de ses gestes avec l'enfant.

Marie aime Honfleur, manger des gaufres au chocolat, installée au bord des quais qui encadrent et protègent le petit port de la ville. Lorsque le temps est gris, la lumière chaude des boutiques d'antiquaires éclaire faiblement les ruelles bondées. Même l'été, Honfleur porte la mélancolie des premiers jours d'hiver. C'est une ville de vérité. Laurent grimpe sur les hauteurs avec la poussette. Marie s'attarde devant les vitrines des galeries d'art. Une sculpture en argile de style classique, représentant une femme nue giflée par un homme, attire son regard. Elle s'arrête un instant pour l'observer de plus près. Laurent s'approche derrière elle, pose son visage au creux de son cou. « Quelle poésie. En même temps, parfois il faut ce qu'il faut ! » Il plaisante, rigole. Soudain, l'enfant pleure comme s'il venait au secours de sa mère. Ils vont bientôt rentrer à la villa. Le temps est toujours compté, divisé, soutiré, sectionné, arraché à la mère qui doit se plier aux exigences du bébé. La journée est finie.

Un grand rayon de soleil perfore les rideaux de la chambre. Marie a mal dormi. Le bébé s'est réveillé trois fois dans la nuit et c'était son tour de le bercer. Laurent dort encore profondément près d'elle. La veille, ils ont bu du vin en regardant la télévision. Devant son fils allongé dans son landau, son mari a tenté de la caresser entre les cuisses, de glisser les mains sur sa poitrine, mais il a compris que rien ne se passerait. Marie n'a plus aucune envie de coucher avec son mari, son désir s'est totalement évaporé depuis son accouchement. Laurent a brièvement évoqué le problème avec Paul, qui lui a conseillé d'attendre un peu, de laisser du temps à sa femme avant de reprendre une activité sexuelle normale. C'est ce qu'il s'efforce de faire. Mais parfois il arrive que Marie entende son mari se masturber près d'elle dans le lit. Elle l'entend gémir, coller innocemment son sexe dur contre ses fesses, tenter d'écarter gentiment ses cuisses et retrouve parfois des traces de sperme le matin en tirant les draps. Quand la tension devient trop forte, elle consent à lui faire une fellation ou préfère s'allonger sur le ventre pour ne pas avoir à subir le regard de son mari sur elle quand il la pénètre.

Laurent se lève, la rejoint dans la cuisine. L'enfant est toujours à sa place. Marie prépare des œufs pour le petit déjeuner. « Il fait un temps magnifique aujourd'hui. On pourrait aller à la plage en fin d'après-midi ? » Marie acquiesce sèchement. Elle n'a pas envie. Elle n'a plus envie de rien. Parfois, elle se demande dans combien de temps son mari réalisera qu'il y a un problème. Peut-être jamais. Il se voile la face, aime sa femme de tout son cœur, ne soupçonne rien de son désespoir. Elle dissimule son chagrin, sa colère, mais peine encore à faire semblant. Dans quelques semaines, elle reprendra le travail à l'agence, elle n'en peut plus de rester seule toute la journée avec son fils. D'ailleurs, la plupart du temps, elle le laisse dans son berceau, isolé sur le tapis du salon ou dans sa chambre et veille seulement à le nourrir et à lui changer sa couche. Le strict minimum. À la fin de la journée, son père lui apporte la dose d'affection dont il a besoin et c'est tout.

Laurent habille Thomas pour qu'il ne souffre pas du soleil, lui badigeonne le visage et les bras de crème solaire. Marie fixe le grand parasol sur la poussette. Ils sont prêts à partir à la plage. L'enthousiasme démesuré de Laurent inspire pour la première fois à Marie une petite excitation à l'idée de sortir en famille. Mais rapidement, une voix intérieure lui rappelle que ce n'est qu'une façade, qu'une image publicitaire de plus à laquelle elle veut bien croire. Marie a renoncé au bikini, elle a préféré s'acheter un maillot une pièce. Au cours de sa grossesse, elle a pris vingt-cinq kilos. Elle n'a réussi à en perdre que huit. Elle déteste son corps. Tout est déformé. La cellulite sur les cuisses et les fesses, la peau flasque, les seins mous, les grandes traces blanches des vergetures sur le ventre et les hanches, son sexe encore élargi par l'accouchement, sa peau sèche et abîmée par les longues insomnies. Elle qui était si mince, si fière de sa silhouette élancée et lisse, détachant d'un simple geste son paréo pour filer dans l'eau, se cache maintenant derrière sa serviette pour enlever son pantalon et son tee-shirt. Debout en face d'elle, Laurent se déshabille insolemment. Son corps bronzé et musclé n'a pas souffert, il est toujours le même qu'il y a quinze ans, plus beau encore. « Je vais me baigner rapidement. Je reviens. » Un groupe de jeunes filles assises tout près le regardent s'élancer sur la plage. Des regards de compassion se tournent vers elle. Que fait cette grosse vache avec un homme aussi séduisant ? Marie cherche des sucreries dans le sac à dos, se gave de petites boules de chocolat colorées par grandes poignées au milieu des rires moqueurs. Thomas se met à gémir. Sa mère n'aime pas entendre les premiers signes d'une crise, quand le bébé commence à baver sur sa chemise en tapant des pieds sur les rebords de la poussette. Elle va devoir le prendre dans ses bras. Les regards sur elle changent soudain. C'est une jeune maman. Tout s'explique enfin. Le corps a changé, c'est normal. Les hyènes ont disparu pour laisser place à un superbe bouquet de sourires bienveillants et enchantés : « Oh, il est vraiment adorable. Quel âge a-t-il ? » Marie répond sèchement en cachant le visage du bébé avec sa main comme pour l'éloigner, pour qu'il ne profite pas trop des compliments.

Laurent revient. Marie lui tend le bébé pour aller se

baigner. L'attention a changé de camp. C'est Laurent qui devient le centre d'attraction. Elle part seule, en silence, vers la mer. Elle commence par tremper ses orteils, puis les pieds. L'eau n'est pas très chaude. Elle se mouille rapidement la nuque avec les mains, se jette de petites giclées d'eau fraîche sur les cuisses et le ventre et se décide à plonger son corps entier. Elle s'éloigne, prend de la distance pour ne plus entendre les cris des enfants qui jouent au bord de la plage. La houle des vagues la transporte calmement à l'abri de la frénésie du rivage. Son corps est plus léger. Elle ne se rappelle plus depuis combien de temps elle ne s'était pas baignée seule. Ses membres s'allongent en croix, sa tête se renverse dans l'eau jusqu'à noyer complètement ses oreilles. La souffrance s'arrête un instant. Elle voudrait dériver vers un espace inconnu, se réveiller dans une autre vie que la sienne. Elle entend des coups de sifflet. Elle est partie trop loin. Le maître-nageur lui demande de revenir avec de grands gestes de détresse. Marie sort la tête de l'eau pour commencer ses mouvements de brasse et rejoindre le rivage.

Ses premiers pas sur la plage sont honteux. Elle se fait presque gronder, réprimander. Elle cherche leur parasol, mais ne le voit pas. Pourtant, elle est certaine qu'ils se sont installés non loin des douches. Elle s'avance et aperçoit le groupe de jeunes filles qui l'observait peu de temps avant. Elles sont sur le sable, encerclant de leurs longues jambes Laurent et Thomas. La fille aux cheveux blonds et au teint bronzé ne doit pas avoir plus de vingt ans. Installée près de son mari, elle crie, s'esclaffe sous les regards de ses copines et de Laurent qui lui sourit. « Ça va ? Je vous dérange pas ? » Laurent relève la tête vers sa femme. Il lui demande si la baignade a été bonne. Les jeunes filles s'écartent. La serviette de Marie qui leur a servi d'assise est imprégnée de sable. Elle la soulève sèchement pour la secouer. Des grains de sable volent dans tous les sens. « Mais arrête, tu ne vois pas que tu lui en mets partout dans les yeux ! » Elle continue. Laurent lui attrape violemment le bras. Marie finit par s'arrêter. Laurent repose le bébé dans la poussette tout en regardant sa femme avec fureur et incompréhension. Elle ignore sa colère, tourne la tête. Ils décident de partir. Au loin, les jeunes filles saluent Laurent d'un geste discret. Le bébé pleure, il a faim. Il faut se dépêcher de rentrer à la villa.

Demain, les vacances seront finies. Marie va reprendre son travail à l'agence, retrouver ses collègues et ses clients. Le bébé restera à la crèche jusqu'au soir en attendant que sa mère vienne le chercher. Laurent roule vite. Il se tourne vers Marie en souriant. « Ça faisait longtemps que je n'avais pas eu de petite crise de jalousie… J'aime bien finalement… » Sa main quitte le levier de vitesse pour se poser sur la cuisse de sa femme. Marie voudrait lui balancer à la figure, mais préfère finalement poser sa main sur la sienne pour ne pas s'épuiser dans une autre dispute. Ce rapprochement physique entre les deux époux est le seul depuis des mois. Thomas gémit un peu sur le siège arrière puis soudain pousse un long cri aigu qui se diffuse dans tout l'espace. Ses parents sont surpris. C'est la première fois qu'il fait ça. Laurent l'observe tendrement dans le rétroviseur. Marie se retourne pour le regarder, le dévisage un moment : « Tel père, tel fils. »

Le bébé souffre beaucoup. Il hurle sur la table d'examen, donne de grands coups de pied, griffe de toutes ses forces le petit matelas sur lequel il repose. Marie porte une belle robe noire cintrée, Laurent un costume parfaitement taillé. Dès le début du rendez-vous, le pédiatre est surpris par l'apparence parfaite de ce couple. « C'est vraiment pas joli, mais c'est mieux que la dernière fois. Le traitement marche bien et l'infection au pénis se résorbe peu à peu. Il a eu de la chance, ça aurait pu être beaucoup plus grave. » Laurent est très attentif. Suspendu aux lèvres du médecin, il scrute les moindres détails de son visage. Il a peur de passer à côté d'une de ses instructions. Marie regarde par la fenêtre, puis revient brièvement dans la conversation. Elle sait que c'est sa faute, mais ne se sent pas réellement concernée par ce qui arrive à son fils.

Cela faisait trois semaines que Laurent était littéralement débordé par son travail au cabinet. Il rentrait tard le soir à l'appartement et Marie avait été obligée de repousser une nouvelle fois sa reprise à l'agence pour pouvoir rester avec Thomas en attendant de trouver une place en crèche. Ils avaient formulé la demande longtemps à l'avance, mais le mois de septembre était déjà passé et tous les nouveaux parents les avaient devancés de plusieurs semaines sur la liste d'attente. Marie avait dû s'occuper seule de son fils des journées entières. Elle ne l'avait pas lavé tous les jours, ne lui changeait la couche que très rarement, camouflait la désagréable odeur de lait pourri dans les plis de son cou par du parfum pour bébé. Quand Laurent rentrait le soir vers 21 heures, il découvrait son fils endormi dans son berceau, embaumant une agréable odeur de crème à la lavande, il l'embrassait sur le front et repartait le lendemain à 7 heures au travail.

Samedi soir dernier, Marie devait dîner au restaurant avec Sophia. Heureux de passer enfin un peu de temps seul avec son fils, Laurent était resté à la maison pour s'occuper de lui. Marie lui avait dit avant de partir qu'elle l'avait déjà changé et allaité. Aux alentours de 22 heures, Laurent entend le bébé crier, presque s'étouffer. L'enfant est brûlant de fièvre. Il transpire. Sa peau est dégoulinante et moite, passe du rouge au gris. Ses yeux se referment lentement, sa respiration devient de plus en plus saccadée. Laurent appelle immédiatement sa femme et lui demande de le rejoindre le plus vite possible aux urgences. Marie n'arrive que vers minuit. Elle a éteint son téléphone. Sur place, le diagnostic du pédiatre est clair : « Monsieur, il s'agit clairement de négligence. Votre enfant n'a pas été changé ni lavé correctement depuis des semaines. Je dirais facilement un mois. L'infection s'est développée au niveau du canal anal. J'ai constaté en auscultant votre fils deux fistules anales importantes qui nécessitent une chirurgie et un traitement par antibiotiques. Son pénis a commencé lui aussi à être infecté, car on ne l'a pas lavé ni décalotté. Je dirais qu'il s'agit d'une balanoposthite. Une inflammation du gland et du prépuce, que l'on va d'abord tenter de traiter par médicaments. »

Le mot « négligence » frappe Laurent en pleine poitrine. Il a du mal à rester correctement assis sur sa chaise. Il est abasourdi par la situation. Son portable sonne. C'est sa femme. Elle est arrivée à l'hôpital. Il remercie le médecin, lui affirme qu'il va suivre ses conseils à la lettre, qu'il va faire très attention, qu'ils ne sont encore que de jeunes parents actifs sans expérience et fatigués, pas encore entièrement habitués à prendre soin d'un bébé. Le pédiatre comprend, lui demande de rester prudent et attentif. Il imprime plusieurs ordonnances et lui donne un rendez-vous la semaine suivante pour surveiller l'évolution du traitement.

Des bruits de talons retentissent dans le couloir, une femme halète. « C'est déjà fini ? Je suis vraiment désolée, je n'avais plus de batterie et puis après je suis rentrée... Il n'y avait personne, j'ai eu peur. Qu'ont dit les médecins ? Qu'est-ce qu'il a ? » Les mots paniqués de Marie sonnent faux dans sa bouche. Elle s'approche du bébé. Laurent la détourne de la poussette, lui dit que Thomas est très fatigué et qu'il vaut mieux rentrer à la maison. Sur le chemin du retour, il reste silencieux, les mains crispées sur le volant. Marie a bien bu ce soir. Sophia et elle ont beaucoup rigolé. Elle est détendue, enthousiaste, ne veut pas redescendre de son état pour revenir dans cette vie de famille si contraignante et si triste qu'elle subit depuis des mois. Son mari ne sait pas comment aborder le sujet avec sa femme, puis, excédé par son calme inapproprié, finit par lancer l'offensive : « Il va falloir trouver une place en crèche très rapidement. Ça ne peut plus continuer comme ça, Marie. Ni pour toi, ni pour Thomas, ni même pour moi. Tu te rends compte de ce qu'il vient de se passer ? Le médecin nous a quasiment traités de parents indignes ! Il a parlé de négligence, je ne sais pas si tu comprends ce que cela veut dire ! Négligence parentale, c'est très grave ! » Marie trouve qu'il exagère. En effet, elle était épuisée ces dernières semaines, mais c'est quand même elle qui s'est occupée à plein temps de leur fils. C'est elle qui a renoncé à sa carrière au profit de celle de son mari, qui est restée à la maison avec son enfant tous les jours de la semaine et sans aide. Maintenant, il la traite de mère indigne parce qu'elle n'a pas correctement changé sa couche ou parce qu'elle n'a pas suffisamment bien lavé son cou gras plein de restes de lait. Face aux reproches de sa femme, Laurent se calme, la comprend. Il sait qu'elle est très fatiguée par ce nouveau rythme, qu'elle trouve injuste de ne pas pouvoir travailler comme lui. Il l'embrasse, s'excuse, s'engage à trouver une solution dès le lendemain quitte à engager une nounou pour l'aider. Les journées suivantes, Laurent est rentré à l'appartement plus tôt.

Ses collègues lui ont demandé de venir avec l'enfant. Ils l'attendent de pied ferme devant l'agence pour l'accueillir. Marie n'avait aucune envie de présenter son fils à tout le monde ; la séparation entre sa vie professionnelle et sa vie familiale est pour elle sa seule source de réconfort accessible ces derniers mois. Mais ils ont insisté et elle n'a pas pu leur refuser. Son bureau, autrefois neutre, propre et rangé, est parsemé d'une multitude de petites attentions et de cadeaux de naissance envoyés par ses plus fidèles clients. « Et regarde… Même Laurent nous a aidés. » Hervé tend à Marie un petit cadre doré dans lequel est insérée une photo d'elle, de son mari et de son fils à la maternité. Elle se souvient très bien de ce moment. Son cœur se brise. Il est 18 h 30, la fin de la journée. Ses collègues ont organisé un petit pot pour fêter sa rentrée prochaine. « Tu sais, les choses ont un peu changé. Janine est partie, Patrice a été remplacé par Xavier… » Elle écoute, mais se sent déjà perdue dans la multitude de détails énoncés. Le petit Thomas circule de bras en bras.

Marie a l'impression d'avoir ses règles, son pantalon lui paraît mouillé. Elle s'éclipse aux toilettes en confiant son fils aux bons soins de sa directrice. Après l'épuisement de sa grossesse, elle et Laurent préfèrent attendre pour concevoir un deuxième enfant. Marie n'en veut pas de toute façon, elle a immédiatement repris la pilule après l'arrivée de Thomas. Elle se dit que tout a changé si vite. Un jour, une heure, la dernière seconde avant son viol, elle aurait pu imaginer vivre avec Laurent et leurs quatre enfants. Ils auraient emménagé dans un grand appartement à Paris, peut-être même dans une petite maison. Laurent gagne maintenant très bien sa vie, tout aurait pu être réalisable. Elle n'a pas encore ses règles, une simple impression. « Quand même, reprendre le travail après seulement quelques mois… Elle n'a pas envie de s'occuper de son gosse, c'est tout. Moi, pour mon premier, je suis restée à la maison deux ans et demi pour l'éduquer. Mais avec son mari, ils vont sûrement prendre une nounou, alors pas de problème ! Vraiment je te jure, y en a certaines alors… » Marie ne reconnaît pas la voix. Les deux femmes discutent devant les lavabos, lui reprochent d'être revenue travailler le plus tôt possible à l'agence. Elles pensent qu'elle va être perdue avec les nouvelles dispositions commerciales, qu'elle est déjà un peu trop vieille pour atteindre ses objectifs. Marie sent les larmes lui monter aux yeux, sa gorge se serre. Elle n'a pas le courage de sortir des toilettes pour leur faire face et préfère attendre qu'elles partent.

Quand Marie revient parmi ses collègues, Thomas sautille encore sur les genoux de sa directrice. Elle doit partir. Elle veut être en forme demain et profiter de son week-end pour étudier ses dossiers. Hervé lui tend un grand classeur dans lequel il a classé et imprimé pour elle les fiches actualisées de ses meilleurs clients. « Comme ça, tu sauras exactement où tu en es lundi, sans panique. » La bienveillance d'Hervé la touche. Son sourire sincère, ses bras toujours maladroitement croisés, ses costumes trop grands pour lui, son petit rire nerveux, ses cravates colorées aux motifs Disney ; s'il avait été son mari, elle en est certaine, il l'aurait comprise mieux que personne.

De retour à l'appartement, Laurent l'appelle pour lui dire de ne pas l'attendre. Il doit dîner avec son patron pour parler d'une nouvelle affaire importante. Le bébé est allongé sur le tapis d'éveil. Elle ne le regarde pas et commence à cuisiner quelques restes de nouilles de la veille dans la poêle. Thomas pleure, il a faim. Après l'accouchement, elle retardait toujours le moment de l'allaitement, rechignait sans cesse à s'y contraindre. Laurent avait fini par le remarquer quelques mois plus tard. Après l'infection du bébé, il faut qu'elle reste vigilante. Elle a eu l'idée de tirer son lait elle-même et de préparer à l'avance les biberons. Ce soir, Thomas attendra qu'elle ait terminé son plat de nouilles. Ensuite, elle sortira le biberon du réfrigérateur. Assise sur le buffet de la cuisine, elle regarde depuis le comptoir le bébé ramper sur le sol. Il est très agile pour son âge. Le pédiatre a d'ailleurs trouvé Thomas éveillé et malin. Elle a fini de manger. Elle se dirige vers l'enfant, le biberon à la main. Quand elle l'a dans les bras, elle tente de ne pas le fixer trop longtemps. Marie sent son odeur, voudrait le caresser, l'embrasser sur le front, lui susurrer des mots doux à l'oreille. Mais elle ne peut pas. Elle n'arrive pas à détacher de son esprit le visage de son violeur. Elle se contente de soutenir Thomas pour qu'il finisse le plus rapidement possible son lait et puisse aller se coucher. Avant, elle ne prenait pas le temps de lui faire faire son rot. Elle se sent maintenant obligée de s'exécuter. Elle ne veut pas prendre le risque d'un étouffement, un danger auquel elle n'avait jamais songé avant que le médecin ne lui mentionne.

Laurent rentre du cabinet. Elle regrette de ne pas dormir. Excité par l'alcool et sa nouvelle affaire, il va encore essayer de la toucher. Elle n'arrive plus à faire semblant et voudrait lui dire de trouver une autre solution pour assouvir ses besoins sexuels. La dernière fois qu'ils ont couché ensemble, c'était il y a deux mois. Elle s'était laissé faire. Pénétrée pendant de longues minutes par son mari, attendant qu'il termine de jouir. Mais lors de cette soirée, il avait été particulièrement actif. La tournant dans tous les sens comme un sac, fourrant ses doigts dans sa bouche, lui susurrant des mots salaces dans l'oreille. Il avait joui sur son ventre, s'étant retiré au dernier moment comme s'il avait eu peur de venir en elle. Laurent arrive dans la chambre sur la pointe des pieds. Il se déshabille et se couche près de Marie. Une forte odeur de whisky imprègne son haleine. Il colle son sexe dur sur les fesses de sa femme, ondule lentement du bassin. Marie grogne, lui demande de la laisser dormir. Sa main se glisse entre ses cuisses. Elle s'éloigne. Laurent renonce, sort du lit et quitte la chambre. Il semble énervé, mais elle n'y prête pas attention.

Quelques longues minutes plus tard, il n'est pas revenu se coucher. Le réveil posé sur la table de chevet affiche 2 h 30 du matin. Marie se lève pour regarder ce que fait son mari. Une faible lumière éclaire le salon. Elle traverse le long couloir de l'entrée sans faire de bruit. Laurent est assis sur le canapé, son ordinateur posé sur ses genoux. Elle n'arrive pas à bien distinguer la scène dans son ensemble, il n'y a pas assez de lumière. Elle s'approche doucement derrière lui, entend les sons, comprend. Laurent halète, s'essouffle, se masturbe devant une séquence pornographique : une jeune fille prise par deux hommes en même temps. Il soupire, son sexe en érection dans ses mains. Ses jambes s'écartent, sa tête tombe légèrement en arrière sur le dossier du canapé. Marie le regarde, plantée derrière lui, un peu sous le choc. Laurent n'est pas un homme différent des autres, il ne l'a jamais été. Il n'est qu'un homme qui veut pouvoir prendre sa femme quand il le désire. « Ainsi la femme se tient-elle immobile comme une cuvette de cabinet pour que l'homme puisse y faire ses affaires. » Cette phrase de l'écrivaine Elfriede Jelinek lui revient soudain en mémoire. On lui avait prêté le livre *Lust* des années avant son viol. Elle se souvient ne pas l'avoir fini. Elle l'avait trouvé choquant, injuste, dégueulasse, cette phrase tout particulièrement. Une connasse de féministe. Les choses sont différentes aujourd'hui. Marie veut attendre de voir son mari jouir devant son film porno. Elle veut savoir si son attitude est la même que lorsqu'ils sont ensemble. Après tout, elle n'a pas connu tant d'hommes avant Laurent. Il pousse un petit cri contenu. Du sperme jaillit sur son ventre, son sexe toujours en érection dans sa main. L'ordinateur glisse sur le côté du lit. La vidéo continue. Les images de la jeune fille habillée en écolière et couverte de sperme, à genoux devant deux énormes pénis dressés au-dessus de son visage, défilent devant ses yeux. Marie se retire silencieusement sans que son mari remarque sa présence. Elle s'enfonce dans les draps. Elle sent son sexe gonflé, mouillé, chaud. Elle serre les jambes, refuse d'éprouver la moindre excitation après ce qu'elle vient de voir. Son corps se tord. Elle passe la main dans sa culotte, se caresse lentement le clitoris. Marie est soumise, mais elle est enfin seule. Lui ne viendra plus.

Le dernier samedi avant de reprendre le travail, Marie est enchantée, elle ne pense presque plus à l'incident de la veille. Laurent entre dans la cuisine les yeux à peine ouverts. « J'ai mal dormi cette nuit, je vais aller me recoucher dans pas longtemps. » Marie continue de battre ses œufs brouillés dans la poêle. L'enfant est très calme depuis quelques jours. Il vient de faire sa première nuit complète. Ce matin, c'est Laurent qui lui donne son biberon. Marie est soulagée. Elle ne s'habitue pas à s'occuper de son enfant. « Baptiste m'a confié une nouvelle affaire hier. Un peu complexe, je ne sais pas si je vais accepter. » Marie aime entendre son mari lui parler de ses dossiers en cours. Les affaires de succession sont souvent ennuyeuses, les cas de divorce sont plus rafraîchissants. « C'est un magnat des télécoms. Sa femme veut divorcer, mais le problème, c'est qu'elle l'accuse de viol sur mineure. Apparemment, il aurait été un peu trop proche d'une copine de sa fille.

Treize ans, quand même… » C'est la deuxième fois que leurs chemins se croisent sur le même mot. La dernière fois c'était chez Paul. Marie se tait, le laisse continuer : « En même temps, rien n'est encore prouvé. Je pense que c'est une machination de son épouse pour le contraindre à lui verser une plus grosse pension. La mère de la fille en question est une très bonne amie de sa femme. Je ne sais pas… Tu le verrais, il n'a pas vraiment la tête à faire des trucs comme ça. »

« Des trucs comme ça. » Elle repense à son directeur. Lui non plus n'a pas vraiment la tête d'un violeur. « Et tu les imagines comment, ceux qui violent les femmes ? Avec des tatouages de vagins sanglants sur l'épaule ou des croix nazies accrochées autour du cou ? » Surpris par cette remarque agressive, son mari lève instinctivement la tête de sa tasse de café. Marie est sous le choc de ses paroles. Elle n'a pas réfléchi. Elle se retourne et regrette soudain de s'être laissé emporter. Elle doit se reconcentrer, penser à ce qu'elle va dire après, ne pas éveiller les soupçons. Elle modère son discours, reprend ses mots pour les atténuer, sourit à son mari, fait glisser les œufs dans l'assiette, finit par changer de sujet. Lui ne fait plus attention. Il a déjà oublié.

En circulant dans les allées du supermarché avec sa poussette, Marie ne peut s'empêcher de repenser à son intervention de la matinée au sujet du client de Laurent.

Elle pense qu'il va commencer à se rendre compte de quelque chose. Le rayon où sont rangés les vitamines et les compléments alimentaires est surchargé de centaines de boîtes en tout genre. Marie veut à tout prix perdre ses kilos en trop, redevenir la femme mince et séduisante qu'elle était avant sa grossesse. Près d'elle, une vieille dame s'attendrit sur Thomas. Elle sait qu'à chaque sortie, il a droit à son petit succès. Les questions, toujours les mêmes : son âge, ses nuits… Le rayon bio et vitamines est occupé par une dizaine de femmes. La plupart sont grosses, s'attardent sur les boîtes de pilules minceur, s'emparent sans vergogne des grands pots de poudre hyperprotéinée, jettent dans leur chariot de longs paquets de barres-repas hypocaloriques. Marie est un peu sceptique et se demande si ces produits sont vraiment efficaces. Elle a honte de se retrouver dans cette partie du supermarché. Avant la naissance de son fils, elle ne se serait pas attardée une seule seconde ici, elle se serait même un peu moquée de ces pauvres femmes en surpoids, feignantes et lourdes, qui espèrent peut-être encore plaire à leur mari quand il rentre du travail le soir. Marie fouille dans les rayons, s'éloigne d'un bout à l'autre des étals. Elle ne sait pas quelle marque prendre, cherche sa liste de courses. Rien.

Marie se rend soudain compte qu'elle a oublié son sac à main à l'entrée du magasin en prenant un panier. Elle se dirige en courant vers les caisses, traverse les étalages de légumes avec l'angoisse de s'être fait voler toutes ses affaires. « Excusez-moi, vous n'auriez pas vu un sac à main ? Je l'ai oublié à l'entrée sans faire attention. Il est en cuir rouge. » L'agent de sécurité la regarde en silence. Il pivote d'un quart de tour et sort d'un bac en plastique le sac de Marie. Elle est soulagée. Perdre ses affaires, son agenda, son portable seulement deux jours avant la reprise de son travail à la banque aurait été insupportable. Elle repart lentement dans le magasin, son sac solidement accroché à l'épaule.

Dans la file d'attente longeant la première caisse, elle croise le regard de la vieille dame qui s'est attardée un moment sur Thomas. Le bébé. Elle a oublié le bébé. Ses yeux s'ouvrent, son ventre se tord, l'espace se déforme sous ses pieds. Marie s'élance, court, panique, s'essouffle pour retrouver la poussette et son enfant. Tout le monde l'observe étrangement. Elle arrive au rayon bio, le dernier espace où elle se trouvait avec Thomas. Il n'y a pas de poussette. Une immense vague d'effroi la secoue. Elle traverse de long en large chaque allée, bondit, tourne dans tous les sens sur elle-même, commence à hurler. Une employée du magasin la remarque, lui demande ce qu'il se passe. « J'ai perdu mon bébé ! Je ne sais pas, je suis partie quelques secondes et la poussette n'est plus là ! Aidez-moi, je vous en prie ! » La jeune fille, qui semble n'être qu'une stagiaire, se dirige à grandes foulées vers les caisses.

Surpris par la frayeur des deux femmes, les clients placés dans la file d'attente commencent à tendre l'oreille pour connaître les raisons de cette agitation. Devant la caissière désemparée, la stagiaire s'empare du micro : « Votre attention, s'il vous plaît. Une mère cherche son bébé qui était dans le magasin il y a quelques minutes. Si vous voyez une poussette grise dans les rayons, merci de venir immédiatement en caisse nous informer de sa présence. S'il vous plaît, c'est une urgence. Je répète, une mère cherche son bébé… » Marie sent son corps se dérober. Si elle ne retrouve pas l'enfant, Laurent ne lui pardonnera jamais sa négligence.

Une fois l'annonce effectuée, la caissière scanne de nouveau les articles. La vie continue. Le patron du magasin arrive. « J'ai entendu l'annonce, nous pouvons appeler la police si vous le souhaitez… » Marie ne sait pas, ne sait plus. On la prend en charge. Elle est figée, anéantie, en état de choc, ses mains tombent dans le vide, ses épaules s'écrasent sur ses seins. Peut-être que oui. Peut-être que non. Il faut se décider, le temps passe. Ils diffuseront une alerte enlèvement. Laurent l'apprendra sûrement par la télévision. Alors qu'elle s'apprête à suivre le gérant dans son bureau, elle entend crier au loin : « Il est là ! Le bébé est là, je suis avec lui. » Marie se retourne. Une grande femme blonde d'une cinquantaine d'années se tient près des caisses avec la poussette. Elle agite les bras. Marie reste immobile quelques secondes avant de courir vers elle. Elle serre la femme contre elle, la remercie de tout son cœur, répète les mêmes paroles deux ou trois fois d'affilée. Après quelques explications et détails sur les circonstances de cette disparition soudaine, Marie reprend la poussette. Seulement cinq minutes se sont écoulées. Tous les clients du magasin la dévisagent. Certains chuchotent sur son passage. Des regards de dégoût, d'écœurement se posent sur elle. Elle a honte et préfère sortir, renonçant à finir ses courses.

Sur le chemin du retour, Thomas sourit à sa mère. « J'ai failli te perdre aujourd'hui… J'ai failli te perdre. » Ces paroles la soulagent étrangement, brisent le silence entre elle et son fils. Normalement, elle ne lui parle jamais, elle préfère instaurer une distance suffisante pour ne pas prendre le risque qu'ils s'attachent l'un à l'autre.

Laurent est toujours en pyjama sur le canapé du salon. Il travaille sur son ordinateur. Étonné, il se tourne vers sa femme. « Ça va ? Mais tu n'as pas fait les courses ? » Marie dépose ses affaires dans l'entrée pour prendre le temps de réfléchir à sa réponse : « Non, le supermarché de Charonne était fermé aujourd'hui. Je vais aller à celui de Bastille ce soir. » Laurent se lève pour prendre Thomas dans la poussette. Il l'embrasse sur les joues et lui sent la couche. « Ah, il faut le changer. » Marie le sait mais elle est déjà partie dans sa chambre pour commencer à se pencher sur les fiches que lui a préparées Hervé. Lundi est une journée importante. Elle reprend enfin son travail, Thomas entre à la crèche et Laurent commence à défendre une nouvelle affaire. Tout va repartir comme avant.

Marie aime déposer son fils à la crèche. Elle a l'agréable impression de se débarrasser de lui. Les puéricultrices prennent immédiatement Thomas en charge, échangent quelques mots avec elle et la laissent partir au travail les mains vides, déchargée du lourd fardeau que représente cet enfant pour elle. Contrairement aux autres mamans qui culpabilisent et couvrent leur bébé de mille baisers avant de sortir, Marie repart aussi vite qu'elle est arrivée. « Je suis en retard. » Sa phrase préférée le matin. Le petit Thomas s'éloigne des bras de sa mère, la suivant du regard dans le couloir. Elle est déjà partie.

La dernière fois que Marie est venue à l'agence, c'était pour le pot organisé par ses collègues en l'honneur de Thomas. Cette fois-ci, personne ne l'attend sur le perron. Elle avait déjà remarqué quelques changements dans l'aménagement de l'espace. Des machines à café placées dans les salons d'attente, de grands canapés à la place des chaises en plastique rigides, de hautes baies vitrées en guise de portes pour tous les bureaux, un large espace autrefois fermé transformé en open space pour accueillir les clients étudiants. En quelques mois, l'agence a décidé de se moderniser.

Hervé arrive vers Marie pour lui apporter un café. « Alors, c'est le grand jour, pas trop stressée ? » Au loin, deux jeunes femmes les observent en rigolant. Marie tourne la tête pour soutenir leur regard. « Ah oui, elles sont nouvelles. Maintenant, il faut travailler en binôme sur certains dossiers… Tu vois, c'est la politique de l'entraide entre les anciens et les jeunes. Le transfert de l'expérience ! » Elle n'est pas vieille, seulement trente-deux ans, et on lui demande déjà de tenir le rôle de la commerciale dépassée par la technologie, ignorant les codes employés par « la société des jeunes ». De toute manière, ses clients aussi sont des vieux. Des vieux riches avec du patrimoine et des actions. Les jeunes clients sont généralement fauchés, à découvert toutes les fins de mois, abonnés pendant des années à la formule de base leur donnant uniquement accès à la carte de retrait et généralement pris en charge par une simple conseillère par téléphone ou Internet.

Marie sait que les premières semaines vont être difficiles. Elle entre dans son bureau. Cette porte vitrée la gêne. Elle a l'impression d'être scrutée, vicieusement espionnée. Tout le monde semble s'y être habitué. Sa boîte mail affiche quelques rappels des Ressources humaines pour sa reprise, des documents administratifs à compléter. Son doigt roule sur le curseur de sa souris. Elle fait défiler les messages. Elle s'arrête. Il a encore osé : « Nous souhaitons une bonne reprise à Marie aujourd'hui ! » Le mail envoyé par le directeur a été mis en copie à toute l'entité. Les mains en suspens au-dessus du clavier, Marie tente de se maîtriser. Elle efface immédiatement le message.

Brusquement, une jeune femme entre dans son bureau sans frapper. Elle tient une pile de dossiers multicolores dans les bras, qu'elle dépose sur le bureau de Marie. « Salut, je suis Mathilde, l'alternante en commerce international. On est en binôme sur les dossiers immo. Je te donne les docs, si tu veux on peut déjeuner ensemble dans la semaine pour checker les détails et faire connaissance. » Son langage la perturbe, mais Marie ne laisse rien paraître. Ses faux airs de Lolita la dérangent. Ses fesses rebondies, ses seins fermes, son odeur de framboise et de pêche, sa peau blanche sans aucune imperfection. Elle pense au film pornographique que regardait son mari quand elle l'a surpris en train de se masturber. Cette fille pourrait parfaitement correspondre aux critères de sélection. Une pointe de jalousie la prend soudain. D'un ton naturel, Marie accepte sa proposition de déjeuner puis lui demande de l'excuser, car elle doit recevoir son premier rendez-vous dans peu de temps.

Elle connaît très bien M. Geignard, un vieux client de l'agence à la retraite qui adore boursicoter. Marie ouvre son logiciel de fichiers clients. Un message d'erreur apparaît. Elle essaye une fois encore. Même chose. Elle se lève pour demander à Hervé ce qu'il se passe, mais il est déjà en rendez-vous. « Ça va, t'as un souci ? » La Lolita. Mal à l'aise à l'idée d'être prise en charge par une employée tout juste sortie de l'adolescence, Marie finit par lui expliquer son problème. « Ah oui, on m'a dit qu'avant vous utilisiez la H5. Mais toutes les banques sont passées à la H6 depuis pas mal de temps. C'était trop lent leur truc. Mais t'inquiète, je vais te montrer comment ça marche. » Comment la banque a-t-elle pu faire ce changement aussi brutalement sans même conserver l'ancienne version et laisser le temps aux salariés de s'habituer à la transition ? Mathilde l'accompagne dans son bureau. Marie se sent comme une handicapée ; assistée dans tous ses gestes, dépassée par la rapidité des changements technologiques, sans formation ni connaissances, bonne à jeter à la poubelle. Une petite vieille de trente-deux ans guidée par les conseils d'une jeune de vingt-deux ans.

Toute la journée de Marie se déroulera sous l'assistance de ses collègues. Après ces longs mois de maternité, elle ne parvient même plus à se prendre en charge toute seule.

Ce soir, ils vont regarder un film et se coucher tôt. « Comment s'est passée ta première journée de travail ? » Elle lui ment. Marie ne veut pas se déconsidérer aux yeux de son mari sur le plan professionnel. La ligne 9 du métro était en panne. Elle avait donc voulu prendre le bus pour la première fois depuis longtemps. Mais au moment où il s'était arrêté pour ramasser des usagers, elle s'était détournée et avait décidé de rentrer à pied. Sur le chemin, Marie a envisagé soudain de tout quitter. Elle laisserait juste un mot d'explication à son mari et à son fils, filerait en taxi jusqu'à la gare ou l'aéroport et partirait avec seulement quelques bagages. Elle sait qu'elle n'arrivera pas à se tuer pour l'instant. Le suicide nécessite un seul moment de réel courage. Elle n'est pas capable de le faire.

Assise sagement près de son mari, il lui semble tout à coup être l'illustration parfaite de ce que la société méprise : une femme faible, lâche, grosse, qui n'aime pas son enfant, qui pense à abandonner sa famille, sexuellement peu active, inefficace et dépassée dans son travail, déjà vieille. Une publicité pour du papier-toilette est diffusée, emportée par les airs vifs d'une mélodie wagnérienne. Une femme se frotte le visage avec un morceau de papier rose pour montrer au téléspectateur à quel point sa texture est agréable et douce. Un halo illumine soudain son corps, la transporte dans un ciel bleu turquoise parsemé de grands nuages blancs, puis s'enroule délicatement autour d'un bouquet de fleurs colorées. Marie soupire. Laurent ouvre le paquet de chips sur ses genoux. « Franchement, Wagner pour une pub de papier-toilette, ils auraient pu trouver mieux. »

Le film commence. Elle a insisté pour revoir son film préféré, *All about Eve*, seulement pour assister une centième fois à la prestation magistrale de Bette Davis. Une femme à laquelle elle a toujours espéré ressembler : belle, puissante, honnête, passionnée, amoureuse, fougueuse, arrogante et hystérique, mélancolique et sensible à la fois. Margo Channing est LA femme, un personnage unique qui ne vieillira jamais. Le film la captive littéralement. Laurent s'empiffre de chips qu'il trempe dans le bol de guacamole. Il voulait faire plaisir à sa femme. « Ça se voit que tu ne sais pas ce que c'est d'être une femme. » Cette réplique transperce le cœur de Marie. Ses mains se crispent, des larmes coulent sur ses joues. Elle a l'impression que cette scène est jouée pour elle. « Elle est quand même un peu hystérique… Le pauvre. » Les hommes comme son mari veulent avant tout obtenir le calme. Le pauvre homme, le pauvre époux déboussolé par les crises de sa femme qui tente de s'affirmer telle qu'elle est et telle qu'elle pense. Avec l'esprit, le corps et la voix. Ils aiment prendre en charge leur épouse, tout en lui laissant une petite marge de liberté pour qu'elle accède aux plaisirs du divertissement moderne, le travail par exemple, ou le

« verre avec la copine ». Le pouvoir qu'exerce un mari sur sa femme est dissimulé, voire inversé. La femme à qui on accorde la liberté la trouve soudain non justifiée, se délecte de pouvoir de temps en temps pédaler en arrière pour retrouver le doux confort de la dépendance.

Le piège se referme. Le film est fini. Ils vont se coucher sans aucun commentaire. Ce n'est plus nécessaire.

Il ronfle. Elle ne dort pas, fixe de loin la porte de sa chambre. Il y a une serrure. Elle n'a jamais pensé à fermer les portes de l'appartement à clef. Tout est ouvert, comme son bureau vitré à l'agence. Elle n'a aucun espace personnel fermé. Elle est toujours dérangée et n'a pas le temps de réfléchir. Même dans son lit, son mari grogne près d'elle. L'enfant hurle depuis dix minutes. Laurent commence à peine à se réveiller, tapote d'un geste maladroit l'épaule de sa femme pour qu'elle se lève. C'est son tour aujourd'hui. Quelle douleur pour elle de poser le premier pied à terre ! Thomas est presque nu dans son berceau. Sa grenouillère est jetée sur le tapis. Marie récupère ses affaires pour le changer. Elle fait passer ses petites mains dans les manches, soutient sa tête pour qu'il ne bouge pas. Il lui griffe la poitrine, lui donne un coup de pied dans le menton. Elle le lâche soudain et le balance en arrière contre le gros coussin. Il pleure de nouveau, mais sa mère ne regrette pas son geste. Elle voudrait seulement qu'il se taise. Elle l'enveloppe dans le plaid qu'Irène a tricoté pour lui le mois dernier. Elle déambule dans le couloir, le berce pendant de longues minutes, le secoue. Elle déteste être seule avec son fils. Toutes les lumières de l'immeuble d'en face sont éteintes. Il est 3 heures du matin. Le boulevard Voltaire est silencieux, quelques scooters circulent encore sous la lumière jaune des lampadaires.

Marie veut profiter de ce calme et se dirige vers le balcon. C'était sa seule exigence au moment de l'achat de l'appartement. Elle voulait une terrasse ou un balcon pour prendre son café dehors l'été. Elle ouvre la grande fenêtre. Un courant d'air frais lui parcourt le corps. Un frisson fait sursauter Thomas. Elle s'avance, l'enfant dans les bras. Elle regarde en bas. Les balcons sont larges, mais déserts. Elle regarde son fils qui lui sourit. Le ciel est noir. Toutes les grilles des commerces sont fermées, demain la vie reprendra. Mais de quelle façon ? Sûrement toujours la même. Elle défait la couverture qu'elle jette au sol, pose lentement le pied sur la première barre de fer du balcon. Son corps s'élève légèrement. Thomas reste silencieux, joue avec les boutons du pyjama de sa mère. Elle le pose à la verticale sur le rebord. Troisième étage. Il va s'écraser au sol sans faire trop de bruit. Ses petits os se briseront en un quart de seconde, sa chair se détachera immédiatement sous la violence du choc. Il ne souffrira pas mais sa mère devra simplement détourner le regard de la dépouille de son enfant. À cet instant, Marie pourra descendre de l'immeuble et s'enfuir sans prendre le risque de faire demi-tour. Elle veut en finir et le défenestrer maintenant. À moitié suspendue dans le vide, elle le pousse par petits coups timides pour qu'il glisse lentement, finit par fermer les yeux. Elle pose ses mains à plat sur son ventre rond, encore gonflé de son lait chaud. Des bruits retentissent derrière elle. Son mari l'appelle. Marie ouvre les yeux. Elle reprend vite l'enfant dans ses bras et ramasse la couverture au sol pour le couvrir de nouveau. Laurent est maintenant au fond du salon. Il reste immobile un instant, regarde sa femme de loin. « Mais qu'est-ce que tu fais dehors ? Ça va pas ou quoi ? Thomas va attraper froid ! Rentre ! » Il accourt vers eux. Laurent veut saisir l'enfant, mais elle se détourne violemment. « Laisse-moi tranquille ! Je voulais juste prendre l'air, j'ai toujours le droit de respirer ou ça aussi c'est interdit ? » Laurent ne sait plus quoi faire. Peut-être que depuis l'infection de Thomas, il devient trop oppressant avec Marie, la culpabilise pour tout et n'importe quoi. En colère, elle repart à grands pas dans la chambre pour déposer le bébé dans son berceau.

Laurent s'excuse de s'être emporté contre elle, il ne voulait pas lui faire de peine : « Je sais que tu es une bonne mère. Mais parfois, j'ai l'impression que quelque chose a changé. On ne se parle plus beaucoup. Je sais, tu vas me dire que je suis très débordé par le travail, mais tu sais… » Marie n'écoute plus. Les paroles s'envolent. Elle regrette d'être lâche, de ne jamais parvenir à tenir sur la longueur. Elle ne supporte plus sa faiblesse à ne pas aller jusqu'au bout, ces infimes microsecondes suffisantes pour pousser son enfant dans le vide, escalader la rambarde et sauter ou simplement descendre et fuir. Au lieu de ça, elle est encore plantée dans ce lit. Celui dans lequel elle s'est réfugiée après son viol.

Laurent lui touche la poitrine. Il veut la réconciliation. Il veut la paix. Il pense qu'il n'y a que le sexe pour avoir la preuve d'un bonheur sincère. Marie se laisse faire. Qu'il y aille. Qu'il la baise comme il le souhaite, par toutes ses ouvertures s'il le faut, et après il oubliera ses soupçons envers sa femme. Il oubliera la peur furtive qu'il a éprouvée à l'idée qu'elle balance son fils du troisième étage. Car il le sait au fond de lui : il y a un problème. Quelque chose qui lui échappe encore et qu'il refuse de voir ou d'admettre. La lumière est allumée. Le mari aime voir sa femme quand il la pénètre. Rallume en permanence l'interrupteur que son épouse s'efforce de repousser vers le bas pour ne pas assister à sa propre déchéance. Il pose les mains sur ses hanches, caresse son ventre, écarte ses jambes puis descend vers son sexe. Son désir pour lui la dégoûte. Elle lutte pour maintenir la sécheresse entre ses cuisses. Elle se démène de toutes ses forces pour conserver le tragique de ces secondes où elle a eu envie de tuer son fils, pour refréner ses pulsions sexuelles malsaines qui envahissent vicieusement le bas de son ventre. Elle se tourne et l'embrasse. Laurent est surpris. Du meurtre à l'amour, du sperme au sang, du désir à la mort, c'est bien la chair qui l'emporte. Épuisée, pénétrée, le corps souffrant, courbaturé par les mouvements physiques du corps de Laurent sur le sien, Marie halète comme une gentille petite chienne. À quoi bon la paix quand celle-ci n'alimente que la haine. Il n'y a plus d'harmonie ni d'apaisement pour Laurent et Marie, pas de repos et peu de sagesse. Elle paye. Elle donne. Elle suce. Et s'il n'existe aucune trêve, elle préfère maintenant la violence assumée d'une guerre à la faiblesse de la tranquillité. Dans un dernier sursaut de conscience, avant le sommeil, le mot « femme » lui apparaît enfin.

Marie n'a pas envie d'aller chercher le petit Thomas à la crèche. Elle a posé un jour de repos justement pour pouvoir rester seule et profiter des magasins tôt le matin. La veille, elle a fait quelques recherches sur Internet dans le but d'acheter de la lingerie sexy. Malgré ses hanches pleines et son corps qu'elle déteste depuis sa grossesse, elle se sent enfin capable de faire des efforts pour Laurent, et leur dernière relation sexuelle l'a encouragée à plus de volonté. Elle voudrait lui faire une surprise. Quand il rentrera après le travail, entièrement vêtue de son ensemble de lingerie, elle l'attendra sur le canapé du salon, un verre de champagne à la main, et se déplacera sensuellement vers lui pour lui susurrer quelques mots excitants. Ils seront heureux de nouveau. On oubliera.

En arrivant en face du magasin rue des Orfèvres, elle reste figée un instant devant la vitrine. Les mannequins sur lesquels sont exposées les lingeries sont très minces.

Elle est grosse, jamais elle ne pourra passer ne serait-ce qu'une seule jambe dans l'un de ces strings. Elle souffle un grand coup, puis se décide à entrer dans la boutique. La vendeuse vient immédiatement à sa rencontre pour lui proposer ses services. « Bonjour. Je cherche un ensemble. Quelque chose de chic et sexy. » Un doute la prend soudain. Compte tenu des films pornographiques que Laurent apprécie, elle n'est plus vraiment certaine que la combinaison « chic et sexy » fasse partie des fantasmes de son mari et des hommes en général. La vendeuse lui montre deux ensembles en dentelle noire et violette. Marie décline, cherche son portable dans son sac et prétexte une urgence. Elle s'excuse, dit qu'elle repassera plus tard. Ce n'est pas un ensemble de lingerie chic qui excitera Laurent.

Elle reprend le métro pour se rendre dans le nord de Paris, à la station Pigalle. Les touristes aiment flâner dans les grandes avenues du XVIIIe, remonter vers les commerces de la butte Montmartre, profiter des grandes brasseries. Marie n'a jamais imaginé pouvoir vivre un jour dans ce quartier. Ce n'est pas le type d'agitation qu'elle aime. Le boulevard de Clichy est peu fréquenté. Il n'est que 10 heures du matin. Mais certains clients habitués du grand Club Vidéo X font déjà le pied de grue devant le cinéma, attendant impatiemment le début des premières séances. Marie sait qu'elle ne croisera personne qu'elle connaît dans ce coin de Paris. Elle ne veut pas entrer dans le Sexodrome, l'immense supermarché du sexe qui fait angle. Elle préfère quelque chose de plus petit, de plus intime. L'enseigne du Hot Pussy, situé un peu plus loin sur le boulevard, l'interpelle. De grands rideaux rouges à paillettes ornent la vitrine, qui ressemble plus à l'entrée d'un cabaret qu'à celle d'un sex-shop. Elle regarde furtivement entre les fentes des tentures et aperçoit deux femmes qui discutent ensemble au comptoir. Elles ont l'air plutôt sympathiques. Marie décide d'entrer. Une sonnerie aiguë, comparable à celle que l'on entend dans les quincailleries de province, prévient les vendeuses de sa présence. Un grand silence s'installe. Avec ses petits mocassins cirés, son sac de luxe et son élégante chemise sportswear, Marie ne cadre pas vraiment avec la clientèle habituelle. Elle veut faire demi-tour, mais une vendeuse s'avance vers elle comme si elle accueillait la reine mère dans son sex-shop : « Bonjour, madame. Puis-je vous aider ? » Marie sent l'effort de langage, décide d'être aussi courtoise : « Bonjour, oui. Voilà, je voudrais acheter une petite tenue d'écolière. » Un autre silence s'installe. « Et si possible, un ensemble uni. »

La première vendeuse demande à Marie de la suivre au sous-sol du magasin. Des centaines de tenues sont accrochées à des cintres. « Nous avons beaucoup de choix pour les tenues d'écolière. Il y a les écossaises rouges, les bleues, les vertes. En fait, il y a beaucoup de choix, mais si je peux me permettre, le rouge vous irait mieux. » Marie est flattée. Elle observe sur le côté du grand espace un coin reculé en pierre rouge éclairé de plusieurs néons verts et roses. La vendeuse lui explique qu'il s'agit des cabines automatiques et du peep-show. Marie, curieuse, lui demande de quoi il s'agit. « Il y a une fille qui danse dans une cabine et les hommes sont de l'autre côté pour la regarder. Les autres cabines, c'est juste des pornos qu'on diffuse. » Marie se rend soudain compte à quel point la sexualité masculine est simple et sans grande profondeur. Avec ces femmes-objets qui dansent nues dans une cage, ces pornos mettant en scène de petites écolières en chaleur, ces tenues d'infirmière, de policière, de femme-cadeau, des robes, des jupes, des bas, du vinyle. En face d'elle, un dressing entier, reflet de ce que la plupart des hommes attendent de la sexualité. Reproduire ce qu'ils aiment dans les films pornographiques qu'ils visionnent ou dans les annonces sexuelles sur Internet, exhibant dans quatre-vingt-dix-neuf pour cent des cas une fille qui n'est jamais entièrement nue. Le fantasme d'un corps sans artifice éveille chez l'homme le désir, mais ne donne pas forcément envie de passer à l'acte tout de suite. Or un homme aime sentir qu'il bande rapidement, ça le rassure. Tout rejoint son viol. Le sexe, la violence, la soumission, la pornographie. L'explication de son agression, Marie ne l'a jamais cherchée. Dans ce sex-shop, entourée de tous ces accessoires principalement destinés au plaisir masculin, elle se demande avec rage combien d'hommes dans le monde sont en train de violer des femmes en ce moment même. Ces hommes qui abusent sans regretter. Son regard se fige un instant sur un petit vieux sortant d'une cabine. Il baisse la tête, l'air un peu triste de celui qui a fini de jouir. Il fait de la peine à Marie. Les mauvaises associations se délitent. Elle pense mal, ne nuance plus rien, ses théories sont confuses. La petite tenue d'écolière dans les mains, elle reprend conscience : « Bien, alors, je vais prendre celle-ci, où sont les cabines d'essayage ? » Un peu gênée, la vendeuse lui répond qu'il n'existe que trois tailles et qu'elle ne peut pas essayer les tenues sans les acheter après. Marie prend le M. Elle sait que la mini-jupe sera sûrement un peu serrée, mais refuse de passer à la taille L pour l'instant. C'est psychologique.

De retour au rez-de-chaussée, la deuxième vendeuse, une grosse femme brune moulée dans un jean taille basse trop petit pour elle, lui propose les accessoires qui vont avec la tenue : lunettes d'étudiante, sucette en forme de phallus, petites chaussettes blanches, nœud rouge pour les cheveux, vibromasseur écossais. Marie prend la sucette et le nœud rouge. Les deux vendeuses la remercient de sa visite et lui offrent une carte de fidélité qu'elles tamponnent de la marque *Hot Pussy* pour qu'elle bénéficie d'une réduction la prochaine fois.

Marie est satisfaite, mais demande qu'on ne lui donne pas un sac avec la marque de la boutique. Elles lui tendent alors un grand sac noir opaque sans inscription.

De retour chez elle, Marie essaye la petite tenue qu'elle a achetée. Mais avant, elle doit se maquiller. Elle n'a jamais changé ses habitudes. Toujours naturelle et sage. Mais ce soir, elle voudrait être une autre femme, ressembler à une salope pour son mari. Du noir autour des yeux, la bouche peinturlurée de rouge, le teint plus orangé que d'habitude, les cheveux attachés par le petit nœud rouge. Marie attrape le grand sac noir sur le lit et sort ses achats. Le haut au-dessus du nombril fonctionne à peu près. Mais sa poitrine généreuse finit par tomber sur son ventre et les vergetures, traces indélébiles de son drame, sont partout. La jupe est plus difficile à enfiler. Les bourrelets de ses hanches cachent une partie de la ceinture. Elle ressemble à une grosse truie ou à un travesti, mais sûrement pas à la jolie écolière du film de son mari. Dans une dernière tentative, elle revêt la cravate assortie à son haut. Devant son grand miroir, elle se sent ridicule, plantée sur le sol, plus lourde qu'un poteau. Elle ne sait pas pourquoi cette idée stupide de costume lui a traversé l'esprit. Comme les femmes de son âge, elle aurait dû rester dans le sexy chic. Boudinée dans sa tenue, elle s'efforce de déboutonner son ensemble, mais doit se mettre à plat ventre sur le lit pour arriver à défaire toutes les attaches. Elle se tourne, se débat avec les morceaux de tissu. Le cœur doré fixé sur la ceinture éclate pour atterrir sur le tapis, les lacets de la jupe se déchirent sous la pression de son corps gras.

Soudain, elle entend tourner les clefs dans la porte d'entrée. Elle se fige. Elle n'attend personne. D'un seul bloc, elle se lève du lit, mais trébuche sur le sol à cause de sa jupe trop serrée attachée à des porte-jarretelles. La porte claque, elle entend Laurent discuter. Elle rampe par terre, finit par se débarrasser d'une partie de la tenue. D'un geste furtif, elle saisit son peignoir dans la salle de bains pour rejoindre son mari. Laurent déballe un plateau de sushis sur la table basse du salon. Une femme lui parle, de dos, tirant quelques livres dans la bibliothèque. Marie signale sa présence par un petit toussotement. Laurent se retourne, la bouche remplie de sushi. Son regard se glace. Un silence s'installe. Il ne la reconnaît pas. « Marie ? Mais qu'est-ce que… Enfin… Je pensais que tu étais sortie. » La femme l'observe étrangement. Marie a oublié d'enlever sa cravate d'écolière, dont une partie dépasse sur son peignoir. Laurent la regarde. Il a honte pour elle, mais décide de continuer à parler pour dissiper la gêne qui s'est installée : « On est venus ici parce que j'ai oublié mon dossier ce matin dans la cuisine, mais on doit retourner au cabinet dans pas longtemps. Ah oui, je te présente Julia, ma nouvelle collègue. On travaille ensemble sur l'affaire dont je t'ai parlé. » Julia est belle. Elle est jeune, mince, élancée, moulée dans un tailleur beige qui épouse parfaitement ses formes. Ses longs cheveux bruns relevés en queue-de-cheval éclairent son teint doré et ses grands yeux noisette. Marie se tient droite. Les larmes lui serrent la gorge. Julia se présente, ose à peine la regarder en face tant son maquillage est indécent.

Marie décide de se retirer : « Bon, eh bien, je vous laisse travailler alors. J'ai beaucoup de choses à faire moi aussi. Ravie d'avoir fait votre connaissance, Julia. » En levant le bras pour saluer son mari, un bas tombe sur ses chevilles. Laurent ferme les yeux, dépité. Instinctivement, elle remonte le bas noir sur sa cuisse, le maintient avec sa main. Le pathétique de la situation atteint son paroxysme lorsqu'elle aperçoit de loin la sucette en forme de phallus tombée du sac dans le couloir. Heureusement, personne ne l'a remarquée. Elle la ramasse rapidement et repart dans la chambre en trottinant. Elle se démaquille. Le mascara s'écrase par gros paquets sur le coton humide. Dans le fond du couloir, elle entend rire. Sûrement ils sont en train de se moquer d'elle. C'est une humiliation de plus. Elle se déshabille et regarde son corps. C'est un tas de chair morte. Ce n'est pas le désir qui l'oblige à faire tout ça. Il faut qu'elle cache, qu'elle dissimule. Ce soir, Marie doit aller chercher Thomas à la crèche. Le temps passe.

« Il va falloir donner un coup d'accélérateur, Marie. Ce n'est pas suffisant. Regardez la grille, vous êtes largement en dessous de vos objectifs. » Le bureau de sa directrice d'agence est le seul qui possède une porte opaque fermée. C'est un luxe dont plus personne ne se soucie, sauf Marie. Son travail commence à ne plus rien signifier pour elle. Les reproches s'échappent. Elle ne tente même pas de se justifier. C'était un entretien de fin de journée, nécessaire pour que Marie puisse cogiter toute la nuit cette conversation jusqu'au lendemain matin. Une simple technique de management sévère.

Seul Hervé reste encore un peu : « Je dois terminer de remplir les fiches perso pour demain. Cette fois-ci, tu devrais être là. » Encore une réunion trimestrielle. Marie n'ira pas. Elle ne sait pas quelle serait sa réaction en revoyant le directeur. Peut-être de la peur, de la tristesse, du dégoût ou au contraire de l'empathie, de la confiance face au secret qui les lie. Son téléphone sonne.

« Tu te rappelles qu'aujourd'hui on dîne ensemble au Train Bleu ? Tu as eu la nounou au téléphone ? » Marie ne s'intéresse à son fils que lorsqu'elle peut se libérer de ses obligations maternelles.

Comme tous les soirs après son travail, elle arrive un peu en retard à la crèche. Son contrat avec la garderie stipule qu'elle doit venir chercher son fils à 19 heures. Aujourd'hui, il est 20 heures. Elle s'excuse auprès de la responsable qui tient Thomas dans ses bras. La femme la toise d'un air réprobateur. « Je suis désolée, madame, mais peut-être vaudrait-il mieux allonger la durée quotidienne d'une heure sur le contrat, comme ça tout le monde s'organiserait. Parce que ça fait la cinquième fois cette semaine que vous êtes en retard… » Les mères la regardent. Ce n'est pas de la compassion, mais un pur jugement. Marie est une mauvaise mère, elle le sait. Elle lui répond qu'elle va en parler à son mari, installe Thomas dans la poussette et repart. À travers la porte, elle entend la voix de la puéricultrice : « Et le doudou ? » Elle ne s'arrête pas.

Marie ne se rappelle plus vraiment la dernière fois que Laurent et elle sont venus dîner au Train Bleu. Sûrement un peu après leur mariage. Quand elle était arrivée sur place, elle s'était demandé pour quelle raison son mari avait décidé d'organiser un rendez-vous romantique dans le hall de la gare de Lyon. Un endroit si bruyant, souvent sale et mal fréquenté le soir. Un grand escalier en miroir mène de part en part au restaurant dont l'enseigne bleue éclaire les larges arcades sous-jacentes. Et soudain, la grisaille du quotidien disparaît dans l'immense architecture néo-baroque de l'ensemble. La verrière de la gare soutenue par ses larges piliers verts intègre l'ensemble au charme ancien. Marie ne se lassera jamais des brasseries parisiennes. À gauche de la salle, elle aperçoit Laurent, déjà attablé. Il est au téléphone. Il se lève de sa chaise tout en chuchotant à sa femme : « Je dois prendre l'appel, c'est très important, j'en ai pour quelques minutes. Commande, chérie. Un pouilly fumé et pour moi la lotte au beurre. » Elle sait que la lotte est un bon choix, mais préfère rester fidèle à son plat préféré : le lièvre à la royale. Un souvenir s'échappe de sa mémoire. Marie prenait plaisir autrefois à préparer des repas pour ses invités. Elle n'aimait pas être prise au dépourvu quand ses amis venaient dîner à l'appartement et se donnait toujours le temps de dresser une belle table, passant des heures à fouiller dans les magasins de décoration pour trouver l'objet rare qui ferait la différence. Pour son mariage, sa mère avait offert au couple une cuisine entièrement équipée assortie d'un ensemble complet d'ustensiles ainsi que plusieurs livres de recettes. À cette époque, elle n'était pas mère. Elle pensait faire tout ça pour elle, peut-être un peu pour son mari, mais surtout pour que son entourage remarque sa capacité à faire plaisir, à donner. Plus tard, après sa grossesse, elle a eu l'idée de faire un grand dîner, comme avant. Sophia est venue accompagnée d'une amie, Louise, journaliste pour un magazine politique, qu'elle avait rencontrée lors d'un colloque médical de son mari sur l'excision. Ce soir-là, Marie avait eu l'ambition de préparer un lièvre à la royale, un plat très complexe, surtout au moment de la découpe de la viande. À la dernière minute, tout pouvait basculer : la farce pouvait s'échapper, la ficelle qui entourait le gibier durant la cuisson pouvait se rompre, le bloc de fois gras coupé trop fin brûler. La sauce n'était pas simple non plus à préparer, mais heureusement un bon mixeur plongeant permettait d'obtenir une brillance suffisante pour que la présentation dans l'assiette soit optimale. Le gibier, c'était toujours très stressant. Généralement, quand elle décidait de se lancer dans un tel chantier culinaire, elle commençait très tôt le matin jusqu'au soir sans s'arrêter. Au premier regard sur son tablier taché, elle avait compris que Louise faisait partie de l'autre groupe : le groupe de celles qui ne cuisinent pas, mais de celles qui travaillent. Marie ne parvenait pas réellement à savoir comment elle l'avait ressenti, mais son jugement sur sa condition, aussi furtif fût-il, avait laissé en elle l'empreinte d'une colère contre les femmes de son espèce. Louise étalait sa culture à grandes couches, multipliait les effets de parole pour impressionner l'assistance, lançait à Marie quelques regards faussement sympathiques à la porte de la cuisine. Elle s'était finalement décidée à franchir la frontière, comme si elle était entrée dans un champ de mines. Marie n'avait aucune envie de faire connaissance avec cette femme faussement apprêtée, qui adoptait les codes typiques de la journaliste politique parisienne : lunettes de vue en écaille sur la tête, veste d'homme en tweed et bottines en daim. Déjà à cette époque, Marie était une mère complètement larguée, grosse, les cheveux gras malgré de nombreux lavages retroussant ses chemises démodées. Tout au long du repas, elle avait feint la décontraction, forçant son visage à se décrisper du dégoût que cette première rencontre lui inspirait. La terrible vérité des femmes au foyer apparaît seulement quand ces femmes se retrouvent face à leurs ennemies devenues les femmes actives.

L'immense horloge suspendue au centre de la salle sonne 20 heures. Marie n'a même pas remarqué que la bouteille de vin blanc est déjà posée sur la table. Les plats arrivent. Elle ne sait plus combien de temps est passé, quand Laurent revient. « Je vais devoir partir une dizaine de jours à New York la semaine prochaine pour rencontrer les avocats américains de la femme de mon client. Je suis vraiment désolé, je sais que ça tombe mal, mais je n'ai pas le choix. On peut demander à tes parents de garder Thomas, je suis sûr qu'ils seraient contents. C'est pas marrant pour lui de rester à la crèche toute la journée. »

Marie n'a pas parlé à Laurent de ses retards répétés pour aller chercher Thomas. Elle réfléchit. Ce n'est jamais une mauvaise nouvelle pour elle de rester seule, surtout sans son fils. Elle acquiesce en dégustant agréablement son plat, un plaisir qu'elle n'a pas ressenti depuis longtemps. La sauce est fantastique. La viande est moelleuse. Elle sait qu'elle ne va pas aller travailler durant l'absence de son mari. Elle va rester chez elle, à profiter de son temps libre pour ne rien faire. La veille du départ de Laurent, elle passera des coups de fil à tout le monde pour prendre des nouvelles et être certaine de ne pas être dérangée plus tard. « On doit être certains qu'ils ne vont pas tenter des stratégies derrière notre dos. La moindre erreur et tout est fini. On a tellement travaillé sur ce dossier. » Marie demande à Laurent si son patron effectue le voyage avec lui. « Non, je pars avec Julia. » La simple évocation de son prénom brise la joie de Marie, balaye la somptuosité du décor et la finesse des mets, pourrit l'endroit comme si on déversait des tonnes d'excréments sur les murs dorés. La crasse s'infiltre et coule dans les plinthes, les moulures s'affaissent. Ce n'est pas l'humiliation de trop pour Marie. Elle préfère se concentrer sur les pièges susceptibles de mettre en danger son secret. Si l'espace se referme, elle se défendra. Si les possibilités s'ouvrent, peut-être deviendra-t-elle folle avant de décider d'agir.

Laurent est parti depuis deux jours. Marie a confié Thomas à ses parents, enchantés qu'elle leur fasse confiance pour garder l'enfant. Elle ne va pas aller à l'agence aujourd'hui, ni même demain. Elle est officiellement malade. Un grand sac plastique à la main, elle y jette toutes les photos encadrées de Thomas et de Laurent. Elle les replacera plus tard. Marie sait qu'elle ne va pas sortir de l'appartement. Elle ne travaille pas à l'agence, le réveil est éteint, le frigo est plein, ses amis sont occupés, Laurent est loin, sa famille prend soin de son fils, son téléphone est sur le mode silencieux. Il ne reste plus à Marie de raisons de vivre. Le sac plastique se rompt sous le poids. À ses pieds, des morceaux de verre éclatent sur le parquet. Les photographies sont expulsées des cadres. Marie les regarde un instant de haut, balaye négligemment du pied les débris sur le sol. Elle n'a pas envie de passer l'aspirateur. Elle lâche le sac, fourre l'ensemble dans un coin de la pièce et finit par s'allonger sur le canapé, attendant qu'il se passe quelque chose en sachant pertinemment qu'il ne se passera jamais rien. Elle doit accepter de ne rien faire, seulement sentir l'écoulement du temps.

Elle n'est pas sortie depuis sept jours. Il lui arrive de plus en plus souvent de ne pas se laver, de rester couchée dans le noir des journées entières. Laurent lui envoie un mail tous les soirs pour savoir si tout se passe bien. Marie a perdu environ deux ou trois kilos. Son corps blanc et flasque ressemble à celui d'un poulet élevé en batterie. L'appartement se retrouve rapidement dans un état lamentable, crasseux et en désordre. Dans ses draps, une odeur immonde se mêle à la transpiration de son corps fatigué et bouffi. Son sexe sale, parsemé de petites particules blanches, n'est plus épilé. En refusant de se laver, Marie refuse de se soumettre sans dépenser la moindre énergie.

Après deux jours enfermée, elle a commencé à se masturber pendant des après-midi entiers, trouvant son plaisir par sa propre volonté, indépendante du faux reflet de satisfaction qu'apporte le regard d'un homme à la femme au moment de jouir. Elle se maintient tant bien que mal, avec tous les médicaments qu'elle trouve. Elle prend plusieurs somnifères par jour pour faire passer le temps plus vite. Plus de lien avec la réalité ni avec l'extérieur : elle ne recharge pas son portable, sa connexion Internet ne lui sert que pour garder un lien avec Laurent, elle n'allume jamais la télévision. Elle ne veut plus entendre le bruit des autres. Le plus souvent, elle reste sur le canapé à baver comme un escargot. Son visage creusé et son regard sont les ultimes supplications d'une condamnée à mort.

Marie est triste, tellement laide, le visage et le corps déjà abîmés. À seulement trente-deux ans et broyée par l'absence de vie, il lui semble parfois que son sang ne coule plus, qu'il stagne dans ses membres épuisés. Elle tente de survivre, de sortir la tête de l'eau sans imaginer un seul instant avoir assez d'énergie pour pouvoir continuer à se lever. Se voir sourire dans le reflet des grandes fenêtres du salon lui déchire le cœur de pitié et de mépris pour elle-même. Elle a sûrement transmis la peur d'aimer à son ventre, à ses tripes longtemps engluées dans l'amertume dont elle espère plus tard faire don à son fils. Elle craint la faiblesse de son corps, la défaillance progressive de son esprit, l'imperfection de ses gestes. Tout chez elle trahit sa médiocrité, chacune de ses tentatives pour continuer à vivre dignement renforce l'infirmité de tout son être et pourtant, il lui semble qu'elle respire encore un peu. Cela pourrait durer des années, mais le bébé crie loin d'elle. Il doit revenir dans sa vie.

Cher Laurent,

Tu ne sais pas qui je suis ni dans quelle situation je me trouve au moment où je t'écris ces mots. Tu ne connais pas ta femme. Comme toi, je regarde des films pornos. Assise sur le canapé, l'ordinateur sur les genoux, la culotte baissée sur les chevilles, mes doigts s'enfoncent dans mon sexe touffu et sale et reviennent vers ma bouche dans une odeur dégueulasse, mais j'aime bien. Je ne me lave plus ni le corps ni les dents. Je ne travaille pas, je ne parle pas, je ne range pas, je ne fais pas le ménage, je ne change ni de draps ni de vêtements, je n'aère pas la pièce, je ne tire plus la chasse des toilettes, je ne m'épile plus le sexe, je ne me maquille plus, je m'empiffre de somnifères, je ne jette plus mes serviettes hygiéniques, je me fais livrer du fast-food tous les jours. Je n'ai plus de contact avec personne, sauf une fois, hier, avec la caissière du supermarché quand je suis descendue acheter des bouteilles de Coca-Cola. Je ne suis pas heureuse, mais je ne suis pas malheureuse non plus. J'attends juste que ça passe en évitant surtout d'être dynamique. Il me semble que l'affranchissement d'une femme devient total quand ce n'est plus son esprit qui décide, mais son corps. J'ai été violée. Tu n'as rien vu. Prise par tous les trous, du sexe au cul, du cul à la bouche, sur le siège d'une voiture pendant que tu mangeais et que tu buvais tranquillement avec ton patron au restaurant. Je n'ai rien dit. Je suis allée sagement me coucher, le corps brûlant, le vagin déformé, élimé, en sang. Tu as continué à détruire mon corps, à le fourrer avec ton gros sexe et tes doigts. Thomas n'est pas ton fils. Il n'est que le fruit de mon agression. J'ai voulu le tuer avant sa naissance en me laissant tomber du haut des escaliers chez mes parents. À l'hôpital, j'ai tenté une nouvelle fois d'avorter en m'enfonçant un canif dans l'utérus, mais le médecin ne m'a pas laissé le temps de le faire alors j'ai renoncé. J'ai porté cet enfant du malheur pendant neuf mois. Je n'ai jamais pu le laver parce que voir son sexe me dégoûte. Je le badigeonnais de crème parfumée pour que tu ne remarques pas l'odeur de crasse qui se dégageait de son berceau en rentrant du travail. Ta première intuition était la bonne. J'ai bien essayé de le défenestrer la nuit où tu m'as aperçue sur le balcon. Je te mens depuis le début et tu ne remarques rien, tu m'excuses, tu justifies jour après jour mes comportements par la fatigue et le stress.

Jamais Roxane, mes parents, Sophia et même Paul, ton grand ami gynécologue, n'ont cherché à me comprendre. Je hais Thomas. Je voudrais un jour voir son corps mort dans mes bras. Que ce cauchemar s'arrête enfin. Je me suis sentie coincée, humiliée, martyrisée. Et j'ai fait des choix. J'ai sélectionné les possibilités comme j'ai pu, par instinct et par conscience.
En attendant ton retour, je consacre beaucoup de temps au plaisir de ne rien faire pour que tout se passe bien. Maintenant, c'est mon sexe qui décide du moment où je dois me masturber, c'est ma chair qui refuse ou accepte les codes d'hygiène, la seule résistance à mon déterminisme provient des restes de mon esprit sage. Dans mes draps tachés de sang et de sueur, je perçois enfin la possibilité de sentir véritablement mon corps en dehors de toute ta considération, de ton jugement et de ta volonté d'homme. Tout à l'heure, le voisin du deuxième est venu sonner à ma porte. Il se plaignait de la puanteur dans le couloir, mais je ne lui ai pas ouvert, car je considère maintenant que jeter la poubelle est aussi un divertissement moderne à éviter.

Marie

Marie enregistre sa lettre sous le nom de MLT et referme son ordinateur. L'ordre est parfait, le soulagement total. Elle se dit seulement que ML aurait suffi.

La sonnerie aiguë de l'interphone résonne dans l'appartement. Il est 17 h 30. Marie est encore dans son lit. Elle ouvre difficilement les yeux pour regarder les chiffres rouges qui s'affichent sur son réveil. Elle se souvient de sa soirée d'hier. Elle a voulu préparer un cocktail à base de vodka et de jus d'ananas. En terminant son troisième verre, elle s'est souvenue qu'une heure avant, elle avait avalé deux somnifères. Le mélange de l'alcool et des médicaments l'a plongée dans un lourd sommeil à seulement 6 heures du soir. Elle se lève. Sa tête tourne. Elle va vomir. La sonnerie continue d'envahir l'espace. On s'acharne à la déranger. Elle n'a pas rangé l'appartement. Elle passe dans le couloir, écrase une brique de jus d'orange. Le liquide poisseux se répand sur le sol. Elle pousse du pied plusieurs boîtes graisseuses de fast-food, glisse contre un mur pour atteindre la porte d'entrée. Toute la collection de voitures miniatures de son mari est balancée à terre. Les petites pièces disloquées roulent, se perdent dans les lattes profondes du bois. Marie ne parvient pas à ouvrir entièrement les yeux. L'effet des somnifères est encore trop fort. Dans un ultime effort, les coudes affalés sur le comptoir de l'entrée pour se maintenir debout, elle réussit à attraper le combiné de l'interphone. Elle sait qu'elle n'arrivera pas à articuler quoi que ce soit, attend une réponse.

« Marie, c'est maman ! » Sa mère lui ramène le bébé. Marie lâche l'appareil des mains. Sa mère hurle de lui ouvrir. Elle appuie machinalement sur le bouton. Son corps vacille en avant, en arrière, de tous les côtés, comme un bateau isolé en pleine tempête. Elle n'a plus aucun repère, plus assez d'énergie pour se justifier, pour se battre, nettoyer, ranger. Son cerveau n'est plus suffisamment irrigué. C'est trop tard. Marie veut s'allonger. Elle repart dans le salon et pousse les restes de pizza sur le tapis.

Elle entend sa mère arriver et ouvrir la porte. « Marie ? Mais où es-tu ? » Puis le silence. Marie veut dormir. Elle sent sa mère inquiète. Thomas est dans la poussette, il pousse quelques petits cris. « Mais qu'est-ce qu'il s'est passé ici ? Tu... Mais il faut aérer un peu ! Marie ! Mais dis-moi ! » Irène secoue le corps inerte de sa fille. Son regard parcourt la pièce de long en large. Marie lui dit qu'elle a pris des somnifères la veille et qu'ils font encore effet. Sa mère se lève, tire les rideaux et ouvre toutes les fenêtres une par une. Un vent frais inonde l'appartement. L'air revient. Irène commence à ranger. Un sac-poubelle à la main, elle ramasse tous les détritus qui jonchent le sol. « Je vais te préparer un grand bol de café bien fort pour te réveiller. » Marie entend l'eau couler. Sa mère l'aide à se lever, la déshabille entièrement. Du sang séché marque ses cuisses. Son pubis est sale, ses aisselles dégagent une forte odeur de transpiration dans toute la salle de bains, sa culotte est tachée de larges traînées blanches et jaunes à certains endroits. Irène la soulève pour la plonger dans l'eau brûlante. Les mains de Marie aussi sont crasseuses, ses ongles noirs s'agrippent aux bras faibles de sa mère qui lutte de toutes ses forces pour soutenir sa fille dans la baignoire. Marie ferme les yeux, la tête adossée au rebord. Son visage est creusé, souffrant, boursouflé comme celui d'une vieille clocharde ayant passé tous ses hivers dehors. « Détends-toi. Je reviens, je vais ranger l'appartement et m'occuper de Thomas. Ce soir, je reste ici. »

Dans la cuisine, sa mère réunit toute la vaisselle entassée dans l'évier pour la ranger dans le lave-vaisselle. Irène ne comprend pas sa fille. Elle se souvient que Marie a toujours été une petite fille mystérieuse. Enfant, elle ne mentait jamais, mais elle disait la vérité seulement si on lui posait des questions directes. Le père de Marie cultive lui aussi ce goût du secret. Le portable d'Irène sonne. Elle quitte la cuisine remplie d'ordures pour revenir au salon. C'est Laurent : « Je n'arrive pas à joindre Marie. Je m'inquiète un peu. Tout va bien ? Vous êtes à la maison avec elle et Thomas ? » Irène acquiesce, le rassure, lui dit que tout va bien, qu'il n'a pas de raisons de s'inquiéter. Il revient demain soir. Elle aura le temps de tout nettoyer et de s'occuper de sa fille avant son retour. Irène aperçoit l'amas de cadres brisés dans le coin du salon. Elle ramasse la photographie de Thomas et Laurent et la repose sur la commode. « J'ai oublié de les remettre. » Marie se tient debout derrière sa mère. De grosses gouttes d'eau coulent à l'extrémité de ses cheveux mouillés. « Tu m'expliqueras demain si tu veux. Va te coucher maintenant, sinon tu vas tomber par terre. » Marie repart en traînant les pieds. Elle n'a pas honte. Il existe peu de femmes véritablement misanthropes, qui osent porter la responsabilité de ne pas être actives ni sociables. Le laisser-aller d'un homme est souvent considéré comme plus naturel, voire poétique. Celui de la femme est contre nature. Pendant cette courte semaine, Marie était assez fière de faire partie de cette nouvelle génération de femmes qui ne foutent rien et qui n'enfantent rien d'autre que leur propre plaisir. Irène continue de nettoyer le chaos laissé par sa fille. Thomas la regarde de loin, toujours prostré dans sa poussette. Il assiste impuissant à la catastrophe de sa naissance.

Marie est reposée. Elle va chercher son mari à l'aéroport Charles-de-Gaulle. Le vol en provenance de New York est à l'heure. La porte des arrivées s'ouvre enfin. Laurent apparaît avec Julia. Ils marchent côte à côte, plaisantent ensemble, se tapent sur l'épaule. Marie sent la colère monter en elle. Ses mains se referment sur la barre de direction de la poussette. Enveloppé dans sa grande couverture bleu ciel, le petit Thomas est calme. Laurent est heureux de revoir sa famille et s'avance rapidement vers eux. Il s'approche d'abord de son fils puis se tourne vers sa femme. Julia se tient à l'écart. « Je vais prendre un taxi pour rentrer. » Laurent lui propose plutôt de la raccompagner en voiture, mais elle refuse gentiment. Elle n'ose pas s'éterniser dans les retrouvailles du couple et salue Laurent d'un geste furtif. En partant, il semble que Julia et son mari aient échangé un regard étrange, comme ces petits sourires gênés que l'on adresse les yeux baissés à un inconnu dans une boîte de nuit.

Dans la voiture, Laurent commence à raconter son séjour à Marie. Il exprime son soulagement de rentrer à la maison, de pouvoir se reposer avec elle et Thomas, de ne pas avoir à subir les dîners d'affaires interminables avec son client. Irène est restée dormir à l'appartement la veille pour prendre soin de sa fille. Les deux femmes n'ont pas parlé. Marie ne s'est pas justifiée sur son état et sa mère n'a pas osé lui poser de questions sur ce qu'il s'était passé durant ces derniers jours. Laurent est enfin rentré et tout va redevenir normal.

Pour la première fois depuis son retour à l'agence, le bureau de sa jeune collègue Mathilde est vide. « La petite est malade depuis plus d'une semaine. Personne n'a de nouvelles. » Marie décide de lui envoyer un message sur le numéro de portable qu'elle lui a donné lors de leur première rencontre. Elle se sent perdue sans elle. Tous les jours depuis des mois, Mathilde l'a aidée à utiliser les nouveaux outils de travail mis en place par la banque, à atteindre les nouveaux objectifs, à appliquer les techniques marketing qu'elle a apprises à l'école. Son absence est lourde à supporter ce matin.

Le téléphone de Marie vibre dans ses mains. Encore Roxane. La veille, sa sœur lui a laissé trois messages auxquels Marie n'a pas eu le temps ni l'envie de répondre. Elle veut savoir si tout va bien depuis le retour de

Laurent. Elle est là si Marie a besoin de son aide. La dernière phrase sonne comme la proposition d'une ultime chance : « Tu peux m'appeler quand tu veux. Je suis là pour toi, toujours. Je t'aime. » Sa mère lui a sans doute parlé de son état quand elle était venue ramener Thomas. L'appartement noyé sous les déchets, Marie avachie sur le canapé, droguée aux somnifères, le corps sale et l'esprit épuisé. Sa famille commence à percevoir les premiers signes. La plupart des gens pensent que les secrets se conservent mieux avec le temps qui passe, mais c'est faux. Au début de son mensonge, on reste alerte, vigilant, attentif au moindre signe susceptible de détruire tout l'ensemble de la construction. Généralement, personne ne remarque rien, mais progressivement s'installe dans l'esprit des autres la logique de l'ensemble. Pièce après pièce, ils reconstruisent le récit, comprennent les incohérences, finissent par assembler le reste par des éléments d'imagination qui s'avèrent fatalement être les bons. Marie chasse ces pensées. Elle n'est pas dans un film où le spectateur ne maîtrise rien du début à la fin. Elle est l'actrice principale. Elle est la victime qui sait tout. Jamais elle ne laissera son histoire être entièrement dévoilée. Elle ne mérite pas de tout perdre maintenant.

Il est 18 heures. Ce soir c'est Laurent qui doit aller chercher Thomas à la crèche. Marie en profite pour flâner sur le boulevard Magenta. La pluie se déverse sur son manteau. Elle a oublié son parapluie dans son bureau, une grande erreur quand on vit à Paris. Les petits commerces sont encore ouverts. Elle voudrait acheter un bon steak pour Laurent. Elle le préparera avec une sauce au poivre et des pommes de terre au four. Elle s'apprête à rentrer dans la boucherie quand soudain son regard se pose sur la terrasse d'un bistrot situé de l'autre côté de l'avenue, à l'angle d'une ruelle. « Si vous ne rentrez pas, vous fermez ! » La voix puissante du boucher fait sursauter Marie qui rabat la porte avec fracas, laissant tous les clients stupéfaits. Elle s'approche d'une des tables. Éclairée par la lumière des chauffages infrarouges de la terrasse, Marie aperçoit Mathilde, sa jeune collègue de l'agence, affaissée sur sa chaise. Elle est méconnaissable. Son regard est vide. Marie se tient face à elle à seulement quelques mètres de sa table. Elle ne l'a pas remarquée. D'un seul trait, elle termine son verre. À son état, Marie imagine que ce doit être un verre d'alcool fort. Les vêtements que porte Mathilde sont les mêmes que ceux qu'elle portait à l'agence, mais ils sont complètement froissés et tachés à certains endroits. Ses cheveux trempés par la pluie sont relevés négligemment sur le haut de sa tête par un chignon. D'un geste maladroit, elle s'agrippe au serveur pour lui demander un autre whisky-Coca. Il lui répond qu'elle devrait peut-être songer à arrêter. Elle lui rétorque d'aller se faire foutre. Marie s'avance lentement vers elle et l'interpelle d'une voix faible. La jeune femme ne semble pas la reconnaître. Marie s'assoit à la table voisine pour lui parler. Elle lui demande ce qu'il se passe, si elle peut l'aider, pourquoi elle ne vient plus à l'agence. Mathilde l'ignore pendant plusieurs minutes, divague, la traite de « vieille à la ramasse » à cause de son gosse, part dans des explications absurdes sous l'effet de l'alcool. Marie voudrait l'aider, mais se résout à abandonner. Ce n'est pas le bon moment. Elle est sur le point de repartir, quand Mathilde la rattrape par la manche de son manteau. Son visage s'éclaire enfin, puis se crispe. Des larmes coulent sur son visage, la défigurent. Elle sanglote, ses mains tremblent. « Pourquoi les hommes font-ils ça aux femmes ? Je n'avais rien fait, rien demandé ! J'étais heureuse à l'agence, tu sais… Avec toi, j'étais utile… Et… Je préfère mourir que d'y retourner ! Plus jamais ! » Marie se fige. Ses membres se raidissent. Elle ne peut plus s'asseoir, son sexe lui fait mal. Elle replonge dans cette nuit une fois encore. Le ciel était le même, sombre et humide. A-t-il aussi abusé d'elle dans sa voiture ? A-t-elle subi les mêmes sévices ? Combien de temps son viol a-t-il duré ? Est-il venu en elle ? Toutes ces questions restent muettes. Aucun conseil, aucune instruction ne peut être donné. Marie est anéantie, brisée par sa responsabilité. La pauvre enfant a été violée par le même homme et sûrement de la même manière qu'elle-même l'a été. Mathilde lâche le manteau de Marie et termine par petites gorgées son verre. Marie se dirige vers le comptoir pour payer l'addition. Elle soulève le corps menu de la jeune femme, la soutient par l'épaule jusqu'à la station de taxis située en face du bistrot. Elle n'est pas lourde. Il n'a pas dû trouver ça difficile d'abuser d'elle. Un jeu d'enfant pour un homme aussi fort que lui.

Mathilde s'endort dans la voiture. Arrivée au pied de son appartement, Marie la sort et l'accompagne jusqu'à sa porte d'entrée pour être certaine qu'elle rentrera chez elle en toute sécurité. Mathilde habite un petit studio d'environ trente-cinq mètres carrés. La décoration exotique est à son image : vive, jeune, excitante, pleine de vie. Marie regarde son corps exténué et meurtri sur le long sofa, son jean taché et ses cheveux sales en bataille sur les coussins orangés. Mathilde ne convient plus du tout au décor. Plus rien ne fait sens.

Marie s'éclipse discrètement et referme doucement la porte d'entrée pour rejoindre le taxi et rentrer chez elle. C'est de sa faute. Si elle avait porté plainte contre son directeur, il n'aurait pas recommencé. Le regard brisé de Mathilde sous les reflets rouges de la terrasse, ses traits tirés par la souffrance, son haleine empestant l'alcool, tout cela aurait pu être évité si elle n'avait pas été aussi lâche. Jamais elle ne pourra se le pardonner.

Dans le taxi, elle suffoque, se tord, ne supporte plus les bruits incessants et militaires des essuie-glaces, de la pluie qui frappe sans relâche le pare-brise comme des coups de reins secs. « Arrêtez ! Arrêtez-moi ici ! Je veux marcher ! » Le taxi refuse, lui explique qu'ils sont engagés sur une grande avenue, que c'est impossible de stationner. Marie ouvre la portière, le véhicule toujours en marche. Le chauffeur freine brusquement. Marie lui jette un billet de vingt euros sur le tableau de bord et descend dans l'agitation de l'avenue de l'Opéra sous ses hurlements lointains. L'air frais, la pluie battante lui fouettent le visage, réveillent son ardeur. La façade de l'Opéra Garnier illumine chaque côté de l'avenue. L'entrée du métro est envahie d'une foule compacte, avale et recrache à longueur de journée des milliers d'usagers, les vieilles parois souterraines se compressent, souffrent du manque d'aération. Marie déambule, se fait bousculer, percuter, renverser, secouer plusieurs fois. Elle a envie qu'on lui fasse du mal, qu'on lui fasse payer son silence. Son calvaire n'est pas suffisamment fort, le prix à payer trop faible.

De retour chez elle, Marie assiste depuis le couloir au spectacle chaleureux de son mari et de son fils qui jouent ensemble sur le tapis. Elle retire son manteau et s'approche en souriant de Laurent qui se retourne. « Tu termines tard aujourd'hui… Mais ne t'inquiète pas, j'ai préparé le dîner. Ce soir, ce sera magret de canard et gratin dauphinois ! » Ce bonheur factice, toxique, comparable à une affiche de propagande fasciste sur le miracle et le bonheur que procurent les instants en famille, dissimule si facilement le malheur.

Après le repas, Laurent couche le petit Thomas dans sa chambre. Comme tous les soirs, Marie va faire semblant devant lui d'aller embrasser son fils avant qu'il ne s'endorme. Elle reste au-dessus du berceau, fixe l'enfant un moment, l'écoute gémir en lui tendant désespérément ses petits bras et repart sans un mot dans le salon rejoindre son mari.

Laurent a préparé deux verres de kir au cassis sur la table basse, l'apéritif préféré de Marie. Il voudrait lui dire à quel point il l'aime et combien il lui est reconnaissant pour tout ce qu'elle fait au quotidien pour leur famille. Marie sourit. Elle le sait, il va encore la toucher. Le signal est lancé, comme chaque fois qu'il sert un verre d'alcool après le repas. Elle comprend que son mari est frustré. Il ne veut pas la tromper en entretenant une liaison avec sa collègue Julia. Trop compliqué, trop risqué quand on vient d'avoir son premier enfant avec son épouse. Alors il compense en touchant les fesses, les seins et le sexe de Marie. Elle se sent tripotée, trifouillée, se laisse faire comme toujours. Elle repense à Mathilde, à la façon dont elle a été violée par le directeur. Il a dû utiliser les mêmes procédés d'intimidation, les mêmes gestes. Les mains de Laurent plongent doucement dans sa culotte. Son sexe se durcit, cherche la voie, renifle l'odeur de ses cavités humides comme un chien. La jeune Mathilde va devenir une alcoolique. Laurent la pousse sur le canapé, lui enfonce ses doigts dans la bouche, bloque légèrement ses épaules. Mathilde a seulement vingt-deux ans. Il la pénètre, tape dans son ventre par grands coups secs. Il gémit. Elle réfléchit. Ses cuisses frottent sur le tissu, irritent sa peau. Mathilde est perdue. Il sort son pénis, le dirige vers la bouche de Marie. Elle aurait pu raconter à Mathilde son expérience. Les va-et-vient de son sexe dans sa gorge s'accélèrent. Elle suce, pompe, avale, déglutit, lèche à petits coups de langue l'extrémité de son gland enflé, rassemble le sperme et la salive dans un même lieu. Il ne veut pas jouir maintenant, se retient de continuer. Par grandes traînées, il lèche son sexe mouillé, avale et retire ses longs poils qu'elle refuse de faire entièrement disparaître. Mathilde doit prendre à tout prix la pilule du lendemain pour ne pas tomber enceinte. Elle le masturbe fort, violemment, plongeant son visage dans son cou pour qu'il ne la voie pas, pour qu'il arrête enfin de la baiser. Elle pourra l'accompagner dans ses démarches, être son amie, sa confidente, son guide. Un long cri de soulagement et il se décharge, se vide sur elle, comme il aime le faire. Le liquide blanc visqueux s'étale sur les seins de Marie, dégouline sur son ventre comme le dernier jet d'un tuyau bouché. Laurent se calme. Marie reprend son souffle qu'elle coupe chaque fois que son mari la touche. Elle se tient droite pendant que lui s'essouffle au plaisir toujours atteint.

Elles ne sont qu'un trou. Un immense vide de chair molle. Un désert coupable et humide au centre duquel l'homme, tel Dieu, perce sa voie.

La puéricultrice la regarde d'un air suspicieux. Pourtant, Marie est à l'heure cette fois-ci. Elle termine de sangler Thomas sur la poussette et repart sous les chuchotements des mamans. Absorbé par son travail au cabinet, Laurent n'est quasiment plus présent pour l'aider. Il rentre tard le soir, part tôt le matin, rapporte ses dossiers à la maison pendant le week-end. Marie pense qu'il passe sûrement plus de temps avec Julia qu'avec sa famille. Thomas pleure dans sa poussette. Il a perdu sa tétine sur le chemin. Tous les passants se retournent sur son passage. Ils se demandent quel genre de mère laisse son enfant hurler sans rien faire. Marie lui donne son téléphone pour qu'il joue avec et se taise enfin. Le bébé manipule l'objet lumineux avec fascination, mais, au bout de quelques secondes, le jette par terre. Il se brise en morceaux sur le béton. Une intense colère se diffuse dans le ventre de Marie. Elle ramasse les petits éléments de plastique au sol et les met dans son sac. Elle se baisse à la hauteur de son fils et l'empoigne doucement pour que personne ne la remarque. Ses ongles s'enfoncent dans le molleton de la couverture dans laquelle Thomas est toujours enveloppé. Elle lui serre les mains jusqu'à ce que son visage se crispe de douleur. Toujours agenouillée face à la poussette, la tête enfouie à l'intérieur, elle remonte les bras jusqu'à son cou pour le serrer encore plus fort. Elle va l'étrangler maintenant. Aucun passant ne pourra remarquer un bébé mort par strangulation dans une poussette, ils penseront qu'il dort profondément. Thomas halète, se débat inutilement en secouant ses petites mains. D'une seule main, sa mère serre son cou plus fort. Ses yeux commencent à rougir sous les premiers effets de l'asphyxie. Marie ne s'arrête pas. Le cou potelé de l'enfant s'enfonce dans le coussin. Ses pieds tapotent le tapis de la poussette. Marie introduit un doigt au fond de sa gorge. Immédiatement, le bébé régurgite.

Marie relâche les mains progressivement. Thomas respire, toussote, avale difficilement sa salive. Elle ne peut pas, pas comme ça. C'est trop dur. Son chemisier est trempé de sueur et de larmes. Elle s'effondre, se désarticule face à son fils qui lui sourit de nouveau. Personne ne passe. Elle regarde son enfant. Il est heureux de vivre. Seule sa mère voudrait qu'il disparaisse. Elle se relève péniblement. Ses gestes sont lourds, empruntés, impossibles à exécuter instinctivement. Elle essuie son manteau d'un revers de main rapide. Des feuilles mortes s'envolent. Elle les suit du regard jusqu'au ciel. Sa tête bascule. Son équilibre se rompt, ses pieds ne touchent plus le sol. Elle n'arrive plus à continuer, ses jambes la lâchent sous la pression et la tristesse. Marie se dirige vers un banc public. Ces bancs verts dont les lattes de bois sèches se craquellent et vous râpent les vêtements. Ces assises parisiennes installées partout et que personne ne remarque plus. Il y en a un en face de chez Marie. Tous les matins, elle observe de sa fenêtre une femme seule assise en tailleur sur ce banc. Puis, aux alentours de 8 h 30, elle se lève pour repartir. C'est maintenant Marie qui console sa solitude sur le banc public. C'est un vrai chagrin, celui qui vous fait sentir votre entière impuissance. Sa réalité se retrouve intégralement broyée, écrasée, prosternée sous le poids de la tristesse. Tout lui échappe sans qu'elle puisse se rattraper à quoi que ce soit. L'ombre de l'homme s'érigeait devant elle, sombre et immense, angoissante. L'homme en général, le sexe, le mâle. Sa lèvre inférieure saigne sur sa chemise blanche. Son fils l'a griffée pendant la lutte, il s'est défendu pour que sa mère n'aille pas jusqu'au bout. Les enfants jouent dans le petit square à côté. À partir de cet instant, au milieu de ce faux silence traversé de rires et de pleurs, Marie comprend ce qu'elle a déclenché. Du haut de son banc, elle tourne son visage vers celui de son fils et, avec un regard submergé par la détresse, lui accorde quelques secondes de paix. « Je suis désolée. »

Thomas est couché dans sa chambre, loin du danger, à l'abri de sa mère. Depuis quelques années déjà, Marie n'allume plus vraiment la télévision, n'écoute pas la radio, ne lit que très rarement les journaux, sauf peut-être quand les étudiants lui font de la peine à la sortie du métro en essayant d'écouler leur pile de *20 minutes* sous la pluie. Elle se trouve dans un état d'isolement total par rapport à l'actualité. Elle écoute seulement ses clients lui raconter les dernières nouvelles du monde qui va mal. Ils prennent bien soin de n'évoquer que les mauvaises nouvelles, jamais personne n'a envie de la mettre de bonne humeur.

Allongée sur le canapé du salon, adossée à son petit coussin de laine, elle feuillette un magazine tout en jetant un œil aux titres du journal télévisé. La tête de son mari apparaît à l'écran. Marie se relève prestement, se jette sur le tapis pour s'emparer de la télécommande. Elle augmente le son. Laurent est encerclé par une cinquantaine de caméras sur le parvis du Palais de Justice de Paris. Littéralement plaqué contre une des grandes colonnes du bâtiment, les bras chargés de dossiers épais et multicolores, il répond aux questions des journalistes d'un ton déterminé, confiant et détendu. Il répète toujours à sa femme que pour être un bon avocat il faut avant tout considérer la justice comme un vaste théâtre dans lequel chacun joue son rôle. Le sien doit toujours être le même, celui du vainqueur : « Dans cette affaire de divorce où il est essentiellement question d'une répartition juste du patrimoine de M. Ponce, mon client n'a pas à répondre aux accusations annexes véhiculées depuis plusieurs jours dans les médias par pure provocation et, qui plus est, sans aucun fondement. Accusations qui étrangement n'apparaissent que maintenant et que, sans doute, certains voudraient retenues, au bénéfice de Mme Ponce. » Laurent ne prononce pas le mot « viol » ni même « agression ». Marie reste un instant au pied du canapé. Le sujet se termine rapidement après l'intervention de son mari, suivi d'un autre sur l'augmentation inquiétante des températures automnales cette année. Elle se dirige vers la cuisine pour se servir un verre de vin. Longtemps accoudée au comptoir, elle réfléchit à la manière dont Laurent dissimule lui aussi les faits et à la façon dont les femmes de la crèche et même certains clients l'ont jugée aujourd'hui.

Une demi-heure plus tard, elle entend son mari rentrer. Il est exténué. Le souffle court, il dépose son manteau dans l'entrée, se déchausse péniblement, s'arrête un moment. Immobile dans le couloir, il redémarre comme une machine fatiguée pour rejoindre Marie dans la cuisine. « Je suis mort. Cette journée était interminable… Ces journalistes sont vraiment des plaies, de vraies mouches bleues. Ils attendent les morts ! » Il saisit la bouteille de vin posée sur le comptoir, attrape un verre dans l'évier et le remplit à ras bord. Marie l'observe fixement. « Mais c'est vrai ? »

Laurent repose son verre, fronce les sourcils comme si elle lui avait posé une question aussi stupide qu'incompréhensible. Il ne comprend pas. « Est-ce qu'il a vraiment violé cette fille ? La copine de sa fille, est-ce qu'il l'a agressée ? » Le silence, encore et toujours. Laurent baisse les yeux, dit à sa femme qu'il est fatigué, qu'il voudrait rentrer chez lui en paix, sans se sentir encore harcelé de questions. Il s'énerve. Marie reste stoïque face à sa colère, lui repose plusieurs fois la même question. Laurent est excédé, il fulmine, rougit. Il ne comprend pas pourquoi elle s'acharne. Marie lui répond qu'elle est humiliée, que tout le monde la juge parce que son mari défend un violeur ; à la crèche, à l'agence, elle le ressent et veut avoir une réponse définitive et honnête. « Tu veux vraiment le savoir ? Oui, il l'a fait. Il a violé cette fille quand elle était en vacances chez lui avec sa fille. T'es contente ? Satisfaite ? »

Marie est pétrifiée par la réponse de Laurent. Il sait qu'il est allé trop loin. Lui aussi est à bout. Il baisse le ton : « Il me l'a avoué hier soir. Je n'en ai pas encore parlé à son avocat qui s'occupe de l'affaire. Mais comprends, je ne le défends que dans son affaire de divorce, pas pour les accusations de viol. Je n'ai même pas le droit de t'en parler, je suis soumis au secret professionnel. Mais je ne sais pas, cette affaire a l'air de tellement te toucher que… » Marie reste de marbre. Elle le coupe et lui demande froidement de lui répéter ce que son client lui a avoué. Laurent est mal à l'aise, mais consent à lui révéler quelques détails : « Eh bien, il m'a dit qu'il était un peu saoul cet après-midi-là. Que la petite n'arrêtait pas de lui faire de l'œil depuis le début des vacances. Et puis… Il ne sait pas trop comment… Enfin, il a perdu le contrôle, et il a eu une relation sexuelle avec elle. Il m'a dit qu'au départ elle était consentante, mais qu'après quelques minutes elle s'était débattue. » Il se tait. Marie attend la suite en le fixant, ne respire plus, suffoque. « Il n'a pas réussi à s'arrêter… Il l'a forcée et il a fini par la violer. Plusieurs fois. »

Laurent a honte, il baisse la tête. Les yeux de Marie se gonflent de larmes. Son mari pose une main sur son bras. Elle le repousse violemment contre le comptoir. Un verre se brise. Tout éclate. Il s'excuse. Il n'était pas au courant des agissements de son client avant d'accepter l'affaire de divorce, sinon il n'aurait jamais pris en charge le dossier. Maintenant, il se retrouve coincé. Marie tente de contenir son hystérie, mais la tension est trop forte. Elle saisit le vase de porcelaine posé sur le rebord de la fenêtre et le balance vers son mari qui se baisse pour l'éviter. Elle l'insulte, le traite de salaud, d'enculé primitif et sauvage, de défenseur de violeur d'enfant, d'avocat du diable. Elle ne parvient plus à s'arrêter, elle lui balance au visage tout ce qui lui tombe sous la main. Il esquive, puis finit par se jeter sur elle pour l'empêcher d'aller plus loin. Il lui hurle dessus, lui demande de se calmer, serre ses bras, plaque ses cuisses contre les siennes pour la maintenir au sol. Ses cris s'intensifient. Marie se débat de toutes ses forces, lui crache au visage, tente de lui donner des coups de genou dans l'aine. Il finit par la gifler violemment. Effrayé par son geste, il relâche la tension sur le corps de sa femme. En silence, il recule, s'excuse. Il n'aurait jamais dû la frapper. C'est la première fois. La folie est percée à vif. Elle est toujours allongée par terre. Thomas s'est réveillé. Les hurlements se diffusent dans le couloir. L'écoute-bébé vibre sur la table à manger. « Va voir ton fils chéri. Toi qui aimes tant les violeurs. »

L'air psychotique et le petit sourire de Marie terrifient Laurent. Dans n'importe quelles circonstances, même dans les instants de bonheur futur, jamais il ne parviendra à oublier ce sourire. La gifle, le visage meurtri de sa femme à terre, cette dernière phrase énigmatique dont il n'a pas le courage de demander l'explication, de peur de déclencher une autre colère. Tant pis, il restera dans le doute. Il se relève, essuie avec la manche de sa chemise les crachats de Marie sur le bord de ses lèvres et part rejoindre son fils. Elle sait que la fin est proche. Elle ne pourrait pas dire exactement comment elle le sent, mais quelque chose ce soir a basculé.

Ce mardi matin, Mathilde est revenue à l'agence. Plus de trois mois après son départ. Marie ne l'a pas appelée et n'a pas cherché à obtenir la moindre nouvelle depuis qu'elle l'a croisée dans ce bar du boulevard Magenta. Elle a peur de la revoir. Son comportement peu empathique à l'égard de son viol a sûrement éveillé des soupçons chez la jeune femme. Au cours de la journée, Marie prend soin de ne pas la croiser. Elle sait qu'elle va devoir travailler avec elle sur des dossiers communs, mais préfère la laisser venir vers elle.

Marie ne supporte plus de sentir son téléphone vibrer dans sa poche. C'est la cinquième fois en deux jours que Roxane appelle pour prendre de ses nouvelles. Elle lui pose toujours les mêmes questions, lui demande si tout va bien, comment se porte le petit Thomas, si l'affaire médiatisée de Laurent avance. Mais elle refuse de parler de ce qu'il s'est passé avec leur mère. « Je ne te juge pas. Ça peut arriver d'être déprimée parfois. » Ce n'est pas une dépression. Marie comme Mathilde ne sont pas dépressives. Elles ne sont pas tombées dans la drogue, l'alcool ou la prostitution. Elles n'ont pas quitté Paris ni l'agence dans laquelle leur violeur travaille toujours. Elles ont simplement continué à vivre sans en parler, dissimulant leur malheur dans les habitudes confortables de leur quotidien rangé et privilégié. C'est le cadre dans lequel elles évoluent qui provoque l'échec. Marie est cloîtrée dans ce que les gens appellent communément « un mariage heureux ». C'est ce qu'elle avait toujours espéré avoir. Une histoire d'amour sincère, avec un homme qu'elle aime et admire. Laurent était cet homme, devenu son mari. Et puis, elle voulait des enfants. Thomas est arrivé. Doit-elle regretter d'avoir voulu conserver un bonheur que peu de personnes dans leur vie connaissent un jour simplement au nom de l'honnêteté ? Elle aurait gâché trois vies. Pour Mathilde, le rapport au couple est un peu différent. Elle a confié à Marie qu'elle avait un petit copain depuis quelques mois, mais qu'elle avait rencontré entre-temps un autre étudiant de son école dont elle était immédiatement tombée amoureuse. Elle envisage de quitter son copain et de commencer une nouvelle relation. Elle prend, aime, lâche. Puis reprend, aime de nouveau, puis relâche. Les jeunes filles de la génération de Mathilde se retrouvent souvent coincées entre deux conceptions très différentes des relations amoureuses. Il y a d'un côté la possibilité de profiter de relations sexuelles en dehors d'une vie conjugale, de changer de partenaire à chaque occasion intéressante en profitant au maximum de cette liberté. Mais cette disponibilité peut parfois aussi faire naître le désir inverse. Pour se protéger d'une liberté que l'on finit par craindre ou trouver abusive, certaines consacrent leurs efforts à trouver le grand amour, convoitant l'éternelle performance du mariage réussi et de la fidélité. Cela fait un peu penser à ces packages bancaires que Marie vend parfois à ses clients. Selon la formule, ils reçoivent chez eux une carte bancaire, un chéquier, une assurance et même parfois une petite peluche pour marquer le début d'une belle et intense relation entre la banque et son client. Mathilde lui a confié vouloir un jour se marier et avoir des enfants. Peut-être en a-t-elle déjà un dans son ventre ?

L'agence est fermée. Le silence règne. Une partie des lumières sont éteintes. Plus rien ne brille. La salle où sont installées les imprimantes est sans cesse éclairée par la violence des néons. Quand elle sort de cette pièce, Marie a souvent la migraine tout le reste de la journée. Ce n'est que le soir, vers 18 h 30, qu'elle termine d'imprimer ses contrats à signer pour ses rendez-vous du lendemain. Concentrée sur ses photocopies, elle sent une présence derrière elle. Son cœur déchire sa poitrine. Elle entend le souffle, perçoit l'ombre qui s'élargit à l'entrée de la salle, se reflète contre les murs blancs.

Marie continue de retirer les feuilles qu'elle entasse sur le côté de l'imposante machine, fait semblant de les trier pour gagner du temps. Ses mains tremblent. Un grand bruit paralyse l'atmosphère. Une épaisse ramette de papier tombe au sol. Sans bouger la tête, elle baisse le regard sur le côté droit. Elle cherche ensuite un objet tranchant ou lourd. Rien n'apparaît. Elle sent que son cœur va lâcher, que sa respiration se bloque, que la peur l'envahit. L'ombre noire se rapproche de l'imprimante. Une main saisit la ramette pour la remettre sur l'étagère. C'est une main de femme. Marie se retourne. « Pardon, j'attends pour la photocopieuse. L'autre est en panne. » Livide, Marie acquiesce en marmonnant quelques mots incompréhensibles. Mathilde s'approche d'elle, pose la main sur son épaule, lui demande si elle se sent bien. Marie tourne la tête vers elle pour la regarder en face. Les visages sont proches. Les regards se fondent l'un dans l'autre. Elle peut sentir le souffle de sa respiration sur ses joues, sentir son haleine fruitée, les effluves de son parfum. Cette fragrance délicate, florale, généreuse, un mélange de pamplemousse, de camélia, avec des notes d'infusion de vanille, qui se diffuse dans toute l'agence. Marie est pétrifiée, son bras tendu vers l'imprimante toujours en marche, elle tente de reprendre conscience, comme quand on s'oblige à sortir d'un cauchemar.

« Je… je crois que j'ai eu peur. J'ai eu peur que ce ne

soit pas toi. » Mathilde ne lâche pas Marie du regard. Elle s'avance, pose lentement la main sur sa nuque. Sa peau transpire. Ses yeux brillent. Un voile humide brouille la vision de Marie. Mathilde pose son visage dans son cou, lui chuchote des mots rassurants : « Ce n'est que moi. » Marie ferme les yeux, sent la tête de Mathilde quitter son corps. Son odeur s'éloigne, s'estompe dans l'air. Les lèvres de Mathilde se posent doucement sur les siennes. Marie se laisse faire, l'embrasse, enlace sa taille, la serre contre elle. Son sexe se réveille. C'est doux, sans danger, compréhensif. Chaque geste est une caresse, un moment précieux que son corps accepte. Elle n'est plus un corps de femme. Elle est LE corps. Elle est l'homme et la femme. Elle n'a plus d'âge, plus de sexe, plus de culpabilité, plus de colère ni de souffrance. Tout se finit ici entre femmes. Marie retrouve ses anciens désirs de jeune fille. Le soir avant de se coucher, à l'abri des regards, elle se caressait. La culotte mouillée, le sexe gonflé et odorant. À quatorze ans, elle découvrait les premiers sursauts du plaisir, quand seul son corps l'appelait. Aucune présence extérieure n'intégrait son espace intime. Marie était la seule à pouvoir agir.

Quand elle ouvre les yeux, Mathilde se détache lentement de son corps, les mains encore dans ses cheveux. Elles n'iront pas plus loin. Ce baiser est une promesse. Mathilde voudrait que Marie se taise comme elle sait si bien le faire. Marie lui promet. Mathilde sort de la salle en lui jetant un dernier regard. Elles s'observent un moment, se cherchent. Ce n'est pas une vieille dame rencontrée par hasard dans la rue. C'est une jeune fille de vingt-deux ans, violée, peut-être enceinte elle aussi de son agresseur. Le secret est encore bien gardé. À jamais, le silence est roi. Les deux femmes se trouvent et s'inclinent face à lui. On n'en parle plus.

Les relations entre Marie et Laurent ne se sont pas améliorées depuis leur dernière dispute. L'affaire de divorce dont s'occupe son mari depuis des mois va bientôt connaître une fin et, selon les médias, son client a toutes les chances de récupérer les trois quarts de sa fortune malgré la plainte pour viol sur mineure dont il fait l'objet. Il n'y a pas de justice. Ni sexuelle ni sociale. Mais durant ces dernières semaines, Marie a beaucoup réfléchi. Elle regrette son irresponsabilité. Elle voudrait arranger la situation, réparer les dégâts causés par ses crises de colère, expliquer à son mari à quel point ses réactions ont été démesurées, s'excuser pour tous ces jours où il a été plongé dans l'incompréhension, la peine et la colère. Elle lui pardonne la gifle. Elle lui pardonne le procès pourvu que tout redevienne comme avant.

À la fin de sa journée à l'agence, elle appelle Laurent au cabinet pour lui proposer un dîner le soir même dans son restaurant préféré sur l'île de la Cité. Il semble surpris. Il ne comprend pas ce revirement, mais décide d'accepter. Lui aussi voudrait arranger les choses. Roxane peut garder le petit Thomas pour laisser le temps à Marie et Laurent de se retrouver. Depuis le temps que sa sœur voulait se rendre utile, elle a été ravie d'accepter.

Marie a réussi à perdre deux kilos ce mois-ci. Pour son dîner de réconciliation avec son mari, elle a acheté une petite robe noire hors de prix aux Galeries Lafayette. Au moment de l'essayer chez elle une deuxième fois, elle n'a pas osé couper l'étiquette, de peur de se rendre compte que finalement elle ne lui allait pas. Laurent se prépare dans la salle de bains. Elle aime le voir s'habiller, se coiffer, l'odeur du déodorant, le bruit sec et régulier de son rasoir sur sa peau, puis l'eau stagnante qui tremble. Parfois, elle imagine que cette intimité devrait être une raison suffisante pour tout lui avouer sur-le-champ, sans attendre. Elle pourrait tout lui dire, lui expliquer sa situation depuis le début, l'engrenage terrible dans lequel elle s'est retrouvée piégée. Des mois de folie, de mensonge, de tentatives désespérées pour en finir. Mais Marie n'en trouve pas le courage. Elle se tait et aide Laurent à nouer sa cravate. Il la regarde tendrement. Il lui semble n'avoir jamais autant aimé sa femme que ce soir. « Tu es magnifique, chérie. Je t'aime, tu sais à quel point je t'aime. » Il l'enlace, l'embrasse, hume son corps d'une seule inspiration. Marie reste droite puis finit par se relâcher, de peur de gâcher ce premier rapprochement de la soirée avec son mari.

Roxane arrive à l'appartement, les bras chargés de jouets, de bonbons et de paquets de chips. Laurent et Marie se présentent côte à côte dans le couloir. « Vous êtes sublimes tous les deux ! Avec mon jogging, je ne suis pas à la hauteur, mais moi aussi je vais passer une excellente soirée avec mon petit neveu d'amour ! » Roxane s'approche de Thomas et le prend dans ses bras. Elle le cajole, colle son visage contre le sien, dépose de doux baisers sur son front, ses mains, ses pieds. Le bébé sourit. Le taxi est en bas. Laurent et Marie saluent une dernière fois leur fils et Roxane et sortent de l'appartement pour se rendre au restaurant.

C'est la première fois depuis leur installation que Laurent prend la main de sa femme pour descendre les escaliers. Elle a l'impression d'avoir vingt ans. Les souvenirs l'envahissent. Le regard de Laurent pour elle la déstabilise autant que lors de leur première rencontre dans cette soirée étudiante. Le temps s'échappe si vite parfois. Et puis, les journées sont devenues de plus en plus longues, comme si l'horloge ne marchait plus. Elle est fripée, usée, manipulée, le visage meurtri par les épreuves invisibles. Mais ce soir, son reflet dans la vitre du taxi lui plaît. Ses cheveux blonds et vaporeux détachés sur les épaules, sa belle robe noire décolletée, ses yeux maquillés. Elle se retrouve. Laurent, lui, ne change jamais. De plus en plus beau chaque jour qui passe, encore davantage ce soir. L'île de la Cité apparaît. La nuit, le berceau de Paris laisse éclater sa beauté. L'eau de la Seine reflète chaque détail des longues façades qui la bordent. Notre-Dame veille de loin, protège les quartiers proches. Laurent aime plus que tout venir se promener ici, manger des glaces chez Bertillon, en août, quand la chaleur envahit le Palais de Justice.

Le restaurant est plein, mais peu bruyant. Les gens savent se tenir. Le chef de salle les installe à la table qu'ils ont réservée. Marie observe de loin les péniches amarrées sur la Seine. Elle pourrait rester assise ici des heures, plongée dans ce paysage parisien qu'elle aime tant. Toutes ces lumières, cette beauté la touchent en plein cœur. Sa gorge se serre. Elle regarde son mari. Elle va tout lui dire. Il l'aime. Elle ne peut plus continuer à lui mentir comme ça. Laurent prend sa main, lui aussi est ému. Le serveur interrompt ce moment pour prendre la commande. « On a choisi le menu Dégustation. Et une bouteille de veuve-clicquot brut, le préféré de ma femme. »

Marie sourit. Mais elle ne peut s'empêcher de penser au client de Laurent. C'est un violeur d'enfant qui leur paye en partie leur repas par les honoraires exorbitants que ramasse son mari. Elle chasse ces pensées. Le baiser de Mathilde lui revient en mémoire. Tout se chevauche. Elle lutte, grimace, sourit. Laurent ne remarque rien. Le dîner se poursuit.

Roxane berce Thomas assise sur le canapé puis se lève pour le déposer dans sa chambre. Il s'endort immédiatement, mais elle préfère quand même apporter l'écoute-bébé avec elle dans le salon. Ce soir, elle a prévu de regarder un film, mais elle ne sait jamais lequel choisir. Lorsqu'elle demande à son mari, elle est toujours déçue de ses conseils, souvent portés sur les blockbusters américains. Tant pis, en tapant « Films à voir » sur Internet, elle trouvera bien quelque chose d'intéressant à télécharger. Elle cherche l'ordinateur de sa sœur du regard. Il n'est pas dans le salon. Roxane se rend dans la chambre de Marie. L'ordinateur fermé est posé en évidence sur son bureau face à la fenêtre. Elle l'emporte avec elle dans le salon. L'écran s'allume. Il lui faut entrer un mot de passe. Marie lui a confié un jour utiliser toujours le même mot de passe pour toutes ses opérations informatiques. Son prénom, ceux de sa sœur et de sa mère suivis de son année de naissance, l'ensemble écrit sans espace. « MarieRoxaneIrène1980 ». Roxane trouve ce moyen mnémotechnique très contestable au vu du risque potentiel de piratage, mais n'a pas voulu le dire à sa sœur de peur de l'affoler. Une dizaine de fenêtres s'ouvrent sur différents logiciels. Elle les ferme une par une. « Cher

Laurent, Tu ne sais pas qui je suis ni dans quelle situation… » Roxane ne peut s'empêcher de lire. Les mots défilent. Elle ne s'arrête pas. La violence augmente. Ses pupilles lui font mal tant le rythme de sa lecture est effréné, ininterrompu. Son cœur se déchire. Sa poitrine va exploser. Elle rabat d'un grand coup l'écran. Elle ne peut plus. Elle comprend tout. Elle sanglote, éprouve soudain des difficultés à reprendre son souffle. L'angoisse la paralyse. Elle réalise ce qui est vraiment arrivé à sa sœur. Elle suffoque, décide d'ouvrir la grande fenêtre. Un homme la salue dans l'immeuble d'en face. Roxane le regarde avec dégoût. L'ordinateur est toujours posé sur le sofa. Elle revient dans le salon pour relire la lettre de Marie. Le choc est identique. Ce n'est pas sa sœur qui a écrit cette lettre. Les mots sont trop forts, brutaux, effroyablement dangereux, sales. Ces phrases ne sont qu'un paquet d'immondices, écrites par une sauvage en rut. Tuer son enfant, mentir à son mari, à sa famille, tenter de se tuer. Aucune situation ne peut justifier ces mots, pas même un viol. Le bébé est innocent. Une telle énergie dépensée pour des décisions aussi immondes que funestes ne peut rester secrète plus longtemps. Elle doit parler à sa sœur. Marie doit dire la vérité à Laurent, sinon elle s'en chargera elle-même.

Le dessert est servi. Pomme granny smith, éclair aux amandes et tarte au citron meringuée. Tout est parfait, le repas somptueux, l'endroit sublime. Les jambes de Laurent qui frôlent délicatement les siennes sous la table. Tout redevient normal le temps d'une soirée. « Ça faisait tellement longtemps qu'on n'avait pas passé une aussi belle soirée ensemble. Tu sais, il y a eu une période, j'ai cru que j'allais te perdre, que ma femme avait disparu. » C'est le moment. Elle va lui dire. Dans ce cadre si parfait, il n'osera pas faire de scandale. Il aura de la peine pour sa femme, peut-être même de la compassion. « Mais maintenant, c'est fini. Tout est comme avant, rien n'a changé. Je suis toujours aussi fou de toi. » Elle ne peut pas, c'est trop difficile.

Laurent ne lui laisse pas la chance de dire la vérité. Il paye l'addition et décide de partir. Marie demande à la réception de leur appeler un taxi. Laurent refuse, il voudrait encore profiter de cette belle soirée pour se promener avec sa femme sur les bords de Seine. Cette nuit ne doit jamais s'arrêter. Le réceptionniste est ému par l'amour sincère, simple et sans enfantillages de ce couple. Marie accepte, enfile son manteau. La nuit est douce, ils vont flâner. À la recherche du plaisir perdu, l'amour se reforme.

Roxane recherche depuis des heures une preuve supplémentaire. Une lettre, un indice, une photographie, un mail, des éléments cachés ou supprimés de l'historique Internet dans l'ordinateur de sa sœur. Rien. Seulement cette lettre. Elle ne sait pas de quelle façon réagir quand le couple rentrera. Devra-t-elle faire semblant ou au contraire tout révéler d'un seul coup devant Laurent ? Roxane alterne entre phases de panique et instants de raison. Son portable serré dans sa main, elle voudrait appeler sa mère pour tout lui raconter. Elle pense que c'est finalement une très mauvaise idée. Il est préférable d'attendre un moment. Elle s'assoit dans un fauteuil pour réfléchir. Elle se relève et se dirige vers la chambre de Thomas. Il dort profondément. Son plafonnier musical tourne encore et diffuse sur les murs blancs de la pièce une centaine de petites étoiles lumineuses. Sur la pointe des pieds, Roxane se penche lentement, en silence, au-dessus du lit de Thomas. Elle cherche, épie chaque morceau de chair du bébé. Du nez aux mains, de la forme des yeux à la pointe des pieds. Elle ne perçoit aucune ressemblance. Roxane a honte. Honte d'elle-même et de son comportement. Peu importe si Laurent n'est pas le père du bébé, elle aime son neveu. Elle l'aimera à jamais. Elle décide de retourner dans le salon. Il est plus de minuit. Marie et Laurent ne vont pas tarder à rentrer. Elle a froid, sent la sueur et l'humidité de l'effroi infester ses vêtements. Ses mains moites ne parviennent plus à s'articuler correctement. Son corps se détache de son esprit. Son téléphone sonne. Un message de Marie la prévient qu'ils seront là dans environ une heure. Elle ne tiendra pas, elle sent déjà qu'elle tombe malade. Elle a la nausée, court aux toilettes pour vomir ses chips au fromage. C'est trop tard. Des morceaux gluants jaunes et rouges s'étalent sur le parquet du couloir. Roxane s'effondre contre le mur. Des larmes roulent sur son visage. Elle part dans la cuisine chercher un sac plastique. Elle ramasse par grandes poignées les restes de nourriture à moitié digérée, les dépose au fond du sac. Une intense odeur acide et aigre se dégage. Elle repense à ce que sa mère lui a dit juste après être sortie de l'appartement de Marie, le lendemain du jour où elle avait déposé Thomas chez elle. « J'ai même retrouvé du vomi et des serviettes hygiéniques pleines de sang sur le sol de la cuisine. »

Il est 2 heures du matin. Roxane s'est endormie. Marie la réveille doucement. « Tu peux dormir ici, ma puce, mais ne reste pas par terre, je vais déplier le canapé. » Roxane ouvre les yeux. Le visage de sa sœur lui apparaît soudain. Elle sursaute, se relève d'un coup. Marie est surprise, se demande ce qu'il se passe. Sa sœur parle fort, panique, cherche du regard son sac et ses affaires. « Non, il faut que je parte. J'ai… Il faut… J'ai beaucoup de choses à faire demain. Il faut vraiment que j'y aille. » Laurent la rattrape dans le couloir. Il lui demande d'attendre au moins qu'il lui appelle un taxi. Roxane refuse, lui dit qu'elle en trouvera un sur le boulevard. Bouleversée et perdue, ne sachant quelle attitude adopter avec Marie, elle ne prend pas le temps d'enfiler son manteau, décroche l'écharpe de la patère, qui dans la violence de la prise se décroche du mur, et s'enfuit dans les escaliers.

L'ordinateur fermé est encore sur le tapis. Marie baisse la tête et voit l'appareil. Une seconde. Elle pensait l'avoir laissé dans sa chambre. Elle détourne son attention et court dans le couloir rattraper sa sœur. Elle lui dit de faire comme d'habitude et de lui envoyer un message pour l'informer qu'elle est bien rentrée chez elle. Roxane l'ignore et continue de descendre en courant les escaliers.

Laurent et Marie sont saouls. Ils ont bu une bouteille de champagne, un litre de vin et plusieurs digestifs. Ils n'ont pas conscience de ce qu'il se passe. La vie et l'ivresse leur laissent encore un peu de répit avant la catastrophe. Laurent s'effondre sur le canapé. Marie s'allonge sur lui. Ils s'endorment l'un contre l'autre, sereins et confiants.

Les cellules nerveuses de Marie sont mises à rude épreuve ce matin. L'agence fourmille de clients. À travers la vitre de son bureau, elle peut apercevoir la file d'attente qui s'étend derrière le guichet. La veille, elle et Laurent ont bu pour l'année entière. Elle ne se rappelle plus exactement son retour à la maison, tout est confus, mais elle se souvient du comportement étrange de sa sœur. Elle a formellement refusé de dormir à la maison sous prétexte d'avoir des choses importantes à faire le lendemain. Elle a fui dans les escaliers en plein milieu de la nuit, sans appeler de taxi, et sans prévenir Marie si oui ou non elle était bien rentrée. Marie saisit son verre d'aspirine et l'avale d'un trait. En même temps, elle prend son téléphone pour appeler sa sœur. Elle est sur messagerie. Il n'est que 9 heures, peut-être n'a-t-elle pas eu le temps d'ouvrir son portable ce matin. Marie appelle sa mère. Elle ne répond pas non plus. Prise d'un léger vertige, elle décide d'envoyer un message à Julien pour s'assurer que tout va bien.

Les rendez-vous s'enchaînent. Mathilde ne vient quasiment plus dans son bureau. Marie voudrait la voir, la sentir près d'elle, elle lui a proposé plusieurs déjeuners qu'elle a déclinés par mail. Elle est surchargée de travail depuis son arrêt. Marie n'a pas insisté. Elle passe la majeure partie de son temps avec Hervé. Entre deux rendez-vous, il vient dans son bureau pour lui dire qu'il va partir plus tôt aujourd'hui. Marie est surprise. Depuis cinq ans, jamais Hervé n'a quitté l'agence avant 19 heures. « C'est ma femme. Elle voudrait que l'on sorte au restaurant tous les deux ce soir. J'ai dit oui. » Marie grimace, lui demande s'il est certain que ce n'est pas encore un de ces stratagèmes machiavéliques et pervers dont sa femme et sa fille ont le secret. « J'ai déposé la cage de Cissy chez mon voisin ce matin avant de venir. Pour être certain. Vingt ans de mariage, je la connais, la Corinne. »

Il est 13 heures. Les grilles de l'agence se ferment le temps du déjeuner. À travers les bruits sourds du mécanisme grinçant, Marie entend la voix de sa sœur. Elle en est certaine, c'est bien elle. Elle quitte son bureau pour se diriger vers le guichet central. « Marie, tu as le temps de déjeuner ? » Roxane semble très fatiguée. Ses paupières tombent sur ses yeux. Marie connaît sa sœur. Elle sait que quelque chose ne va pas. « Mais qu'est-ce qu'il t'arrive ? Pourquoi tu es partie hier soir ? Et en plus tu ne m'as même pas envoyé de message pour me dire que tu étais bien rentrée chez toi. Tu sais que c'est la règle. » Roxane ne répond pas. Elle semble chercher quelque chose autour d'elle. Marie s'agace, lui demande fermement de lui dire une bonne fois pour toutes ce qui ne va pas.

Les deux sœurs décident finalement de sortir déjeuner pour discuter. Marie a toujours sa table réservée à midi au Merlot, une petite brasserie située à l'angle de la rue de Bretagne et de la rue des Archives. La table du fond, la même depuis deux ans. Jonathan, son ex-petit ami du lycée, a repris le restaurant environ cinq ans avant qu'elle ne commence à travailler à l'agence. Roxane n'a pas dit un mot pendant le trajet. Quand on marche dans Paris, ce n'est jamais très grave de ne pas alimenter la conversation. La ville s'en charge elle-même. Les passants qui hurlent au téléphone, les voitures qui klaxonnent, les commerçants qui discutent avec les clients, les terrasses bondées au moindre rayon de soleil, le bruit des pas, l'entrain collectif sur le béton. À Paris, personne n'est jamais seul.

Marie n'ose pas brusquer sa sœur, elle attend patiemment qu'elle commence la discussion. Roxane baisse la tête, pioche, trifouille avec le bout de sa fourchette quelques morceaux de viande dans son assiette. Marie interpelle le serveur au comptoir et lui demande un peu plus de moutarde pour son steak. Elle sent une lourde pression sur son bras, se détourne. Roxane la fixe maintenant droit dans les yeux, le corps légèrement penché en avant vers elle. « Je sais tout, Marie. J'ai lu la lettre sur ton ordinateur hier soir. » Marie garde le silence. Instinctivement, elle se défend, agresse, lui demande de quelle lettre elle parle. « J'ai voulu prendre ton ordinateur pour chercher un film. Le document MLT. Celui où tu expliques clairement que Thomas n'est pas le fils de Laurent, mais celui de… Enfin, j'ai tout lu. Je sais ce qu'il t'est arrivé. Il faut tout dire à Laurent, tu n'as pas le droit de lui faire ça. » Marie la fixe un instant. La dernière phrase de Roxane résonne. Un écho surpuissant, impossible à ignorer. Une indescriptible rage se diffuse en elle, au point d'envisager de faire du mal à sa sœur. Marie voudrait l'étrangler pour qu'elle se taise, planter un couteau dans sa gorge ou simplement revenir en arrière et effacer ce document. Elle n'a pas eu le courage. Cette lettre est la seule preuve que tout ça a vraiment existé. Elle n'a pas pu se résoudre à l'effacer. Elle se souvient parfaitement du moment où elle a écrit ces quelques mots, dans quel désarroi physique et moral elle était. Seule chez elle. Folle et sale. Pataugeant dans son sang et dans sa merde. Roxane ne pourrait jamais comprendre. Sa mère l'a trahie. Peu importe qu'il s'agisse d'inquiétude, sa propre famille se retourne aujourd'hui contre elle.

« Tu ne sais rien, rien de ce qu'il s'est passé. Je t'en prie, tais-toi. Je ne veux pas le dire maintenant, ce serait trop violent pour lui. Je ne peux pas. » Roxane insiste, épuise tous les arguments pour la convaincre de dire la vérité. Elle parle encore. Toutes ses paroles crispent Marie. Son regard de compassion la dégoûte. Il faut qu'elle la ferme maintenant. Roxane lui dit qu'elle n'a plus le choix, qu'il faut tout avouer. Le mot « viol » sort enfin de sa bouche. Marie a envie de lui balancer son assiette en plein visage. Que la sauce au vin dégouline sur ses traits épuisés. Que toute la nourriture entre dans ses narines jusqu'à l'étouffer. Elle tomberait au sol, se tairait. La main de Marie s'accroche au poignet de sa sœur. Elle serre fort. Contracte son avant-bras. Elle veut lui broyer les os. Marie se détache lentement de son assise. Mais elle ne veut pas faire de scandale dans le restaurant. Son visage est tout près de celui de sa sœur. Sa main lui tord le poignet. Roxane pousse quelques gémissements. Son regard face à Marie est terrifié. D'une voix basse, mais ferme, toujours agrippée à sa sœur, Marie se décide enfin à l'agressivité : « Tu m'écoutes maintenant. Laurent ne va rien savoir parce que tu ne vas rien lui dire. C'est mon affaire. C'est mon viol. Je m'en sors depuis le début comme j'ai envie de m'en sortir. Je n'ai pas besoin de leçons de morale de la part d'une petite conne comme toi. Je ne suis plus la même. La gentille petite Marie qui fait des cakes à l'orange dans son bel appartement, avec son gentil petit mari, dans sa gentille petite vie. Je suis capable de tout, tu sais. Vous ne savez pas, vous ne savez plus rien. » Pour la première fois, Roxane a peur de sa sœur. Sa voix a changé, ses intonations, ses gestes, ses mots aussi. Marie a raison : elle n'est plus la même femme. Roxane dégage son poignet d'un geste vif. Marie se rassoit lentement et demande l'addition. C'était une menace, une simple menace. Claire et éloquente. Roxane prend ses affaires sur le dossier de sa chaise et part du restaurant sans dire un mot. Marie est sous le choc de cette confrontation. Jamais elle n'avait parlé de cette façon à qui que ce soit. Ses jambes tremblent sous la table. Le mal est fait, quelqu'un d'autre sait tout.

Son esprit se brouille. Elle voudrait être seule, loin de l'agitation. Elle n'a que deux rendez-vous aujourd'hui. Elle peut profiter des doux rayons du printemps pour se promener quelques minutes. Elle regarde les enfants jouer sur les balançoires du square du Temple. Elle aussi a été une enfant. Innocente, inconsciente, impatiente à l'adolescence de ce que la vie allait lui réserver. On la siffle. Des ouvriers la regardent marcher de l'autre côté de la rue en souriant. Elle s'arrête un instant face à eux, la tête haute, le regard fixe. Ils se taisent soudain. Qu'ils la sifflent, qu'ils l'insultent, qu'ils la baisent ou qu'ils la violent, Marie ne changera pas de trottoir.

Laurent dort profondément. Comme chaque matin, Marie entend sa respiration saccadée, ses ronflements incessants. Allongée près de lui, la fièvre envahit son corps. Enfin, Marie tombe malade, réagit physiquement à l'angoisse. Son corps tremble si fort que Laurent finit par se réveiller. « Qu'est-ce qu'il t'arrive ? Tu es malade ? » Elle lui répond qu'elle a très froid. Il la prend dans ses bras avec affection. Il passe innocemment la main sur son sexe. Son corps en cuillère contre elle, ses doigts entrent lentement dans son sexe humide et remplissent Marie d'un plaisir qu'elle n'a pas ressenti depuis longtemps. La fièvre la fait délirer, elle n'est plus consciente de rien, approche d'un état de non-retour. Elle veut ne plus revenir, rester à jamais recluse dans cet espace sombre et infini, protégée de la folie par la folie.

Elle marche seule sur le boulevard Voltaire, entièrement libre de ses mouvements. Les rayons du soleil d'automne déposent une intense et agréable lumière sur les façades d'immeuble. Elle prend le temps de s'arrêter quelques minutes à l'angle d'une avenue pour profiter de cette douce chaleur. Marie tend le visage vers le ciel quand soudain elle a la sensation que le bas de son corps se refroidit. Elle baisse lentement la tête vers le sol. Du sang coule de son cou jusqu'à ses pieds, ses sandales sont littéralement noyées sous des paquets de chair liquide collés au trottoir. Elle ne bouge plus. Son souffle ralentit progressivement, lourdement. Elle aperçoit au loin le visage d'un homme seul, debout, la regardant agoniser pliée au sol, ne lui apportant aucune aide. C'est Laurent. Roxane est avec sa mère et son père. Ils se tiennent prostrés sur un balcon, hurlent en direction de Laurent qui ne les entend pas. Marie est la seule à comprendre. Ils lui disent la vérité. Leurs paroles l'angoissent, la maintiennent au sol sans aucun recours possible. Elle ne pourra pas s'échapper pour lui dire que tout cela n'est que mensonge. Laurent tend l'oreille, mais les cris demeurent sourds. Il lui reste encore un peu de temps. Marie se tord, inonde les draps de transpiration, s'enroule littéralement dans les bras de son mari dont elle cherche en même temps à se défaire. Laurent continue de la caresser. Il ne s'arrêtera jamais de la toucher. Elle lutte pour ne pas sortir de son inconscience, pour ne pas ouvrir les yeux et rester dans les eaux sombres de son imagination. Les gémissements de plaisir camouflent ses larmes. Des cris. Le plaisir de l'orgasme la tire in extremis de ce cauchemar.

Mathilde ne la regarde plus. Il semble même que depuis quelques jours, elle tente de fuir sa présence. Marie a essayé plusieurs fois de discuter avec elle, mais elle cherchait toujours des excuses pour ne pas s'attarder. Mathilde lui a envoyé un mail un mois auparavant pour lui expliquer qu'elle préférait travailler seule sur ses projets plutôt que de participer au travail en binôme prévu initialement par la direction. Le « transfert de connaissances » a échoué. Marie en a parlé à Hervé. Il ne lui a donné aucun conseil, trop occupé à déjouer les stratégies juridiques de son épouse dans le cadre de leur divorce. Leur soirée du mois dernier s'est transformée très rapidement en cauchemar. Sa femme a rencontré quelqu'un et veut se remarier. Ce n'est pas une simple aventure de quelques jours, mais une véritable existence parallèle qu'elle mène avec un voisin du quartier depuis plus de huit ans. Elle a expliqué à Hervé que leur mariage n'avait réellement fonctionné que quelques mois. Après cette période, elle s'était rendu compte qu'elle ne l'aimait déjà plus. Avant d'envisager de divorcer, elle voulait avoir un enfant de lui pour toucher une pension alimentaire et profiter d'un certain confort matériel pendant encore quelques années, le temps de se décider à retrouver du travail. Quand ils ont déménagé dans leur nouvelle maison qu'Hervé avait pris le soin de faire construire, Bernard a été le premier voisin à leur souhaiter la bienvenue. « J'aurais vraiment pensé à n'importe qui, mais pas à Bernard. On partait à la pêche le dimanche, on ramassait les bébés pigeons tombés du nid lors de nos balades en forêt, et tous ces barbecues, ces anniversaires, ces soirées entre amis. Et pendant ce temps-là, il baisait ma femme. Et le pire dans tout ça, c'est que ma propre fille le savait et qu'elle ne m'a rien dit. Au contraire, elle les a couverts, la petite garce. »

Marie ne veut pas le déranger avec ses problèmes. Elle a même prévu de demander à Laurent d'assurer sa défense dans ce divorce minable pour qu'Hervé puisse récupérer ses biens sans partage. Ce serait bien là sa seule compensation.

Après le déjeuner, Marie reçoit un e-mail de sa directrice. Elle la convoque dans son bureau à 14 heures précises, sans lui donner d'explications. Marie décide d'apporter tous ses dossiers en cours pour ne pas être prise au dépourvu. Elle sait que ses résultats commerciaux de ces dernières semaines sont mauvais. Elle va se faire gronder. Marie inspire un grand coup et pousse la porte du bureau. Mathilde est assise en face de la directrice. La tête baissée, elle ne se retourne pas. « Je vous en prie, Marie, venez vous asseoir. » Le ton est sec, l'atmosphère oppressante. Marie déteste ce bureau sans fenêtre. La seule source de lumière naturelle est le terrarium qui borde l'espace. Marie se tourne pour observer Mathilde, cherchant un regard qui pourrait expliquer leur présence ici, mais sa tête reste baissée.

La directrice s'adresse à Marie en premier : « Bien, il y a apparemment un problème dans le fonctionnement de votre binôme. Je vais faire vite parce que j'ai un rendez-vous dans quelques minutes. Vous n'allez plus travailler ensemble puisque Mathilde vous accuse de harcèlement moral et physique à son encontre. Elle est venue me voir il y a quelques jours pour se plaindre de rapprochements physiques non désirés au sein de l'agence, de messages et de violation de la vie privée. Je vous avoue qu'à une semaine de la clôture du classement commercial du trimestre, je n'ai pas vraiment le temps de régler ce genre d'affaire. Il vaudrait mieux informer les Ressources humaines pour qu'elles puissent s'en charger, mettre les syndicats sur le coup si les faits s'avèrent. Mais pour l'instant, pour l'équilibre de l'agence et de l'ensemble de l'équipe, je vous demanderai de ne plus avoir de contacts. Je vous mettrai sur des portefeuilles clients différents, les dossiers ne seront donc plus les mêmes et vous ne serez plus obligées de communiquer, en attendant qu'on trouve une solution plus viable. Mais peut-être avez-vous d'autres suggestions ? »

Marie est sous le choc. Elle reste silencieuse, fixe un point sur le sol. Elle doit se défendre, mais aucun son ne parvient à sortir de sa bouche. Mathilde ne bouge pas, imperturbable, plantée sur sa chaise. Marie remonte à la surface, essaie de comprendre : « Harcèlement ? Mais de quoi on parle au juste ? Je n'ai jamais harcelé qui que ce soit, jamais de ma vie ! » Face au silence de Mathilde, Marie se lève brusquement de sa chaise et s'empare de son bras pour la secouer. Mathilde tente de se protéger. La directrice leur hurle d'arrêter immédiatement avant qu'elle n'appelle le vigile de l'agence pour les séparer. Mathilde repousse Marie contre le mur de verre du terrarium. Le petit palmier s'effondre contre la paroi, Marie perd l'équilibre. « Tu m'as embrassée de force près de l'imprimante ! Tu m'as suivie jusque chez moi pour me déshabiller et me mettre au lit, tu as profité de ma faiblesse, de ma séparation avec mon mec pour te rapprocher de moi ! Tu tentes un truc encore une fois, une seule fois, et je porte plainte ! T'entends ! Une seule fois et tu finis en taule ! »

La directrice demande à Mathilde de quitter son bureau sur-le-champ et aide Marie à se relever. Marie attrape la manche de son tailleur. Suspendue au morceau de tissu, elle la supplie dans un dernier regard : « Tu sais que je n'ai rien fait. Elle ment. »

Deux semaines d'arrêt de travail. C'est ce que lui ont conseillé les Ressources humaines en attendant qu'une autre agence puisse accueillir Mathilde. La seule raison pour laquelle Marie a réussi à conserver son emploi tient à l'ancienneté de son contrat. Elle n'a pas osé donner les véritables raisons à Laurent. Elle n'est pas malade, pas spécialement déprimée. Elle lui a simplement dit qu'elle avait besoin de quelques jours de repos pour échapper aux remontrances de ses supérieurs sur ses faibles résultats commerciaux, et comme toujours, Laurent a cru sa femme. Thomas ne fait quasiment plus partie de la vie de Marie. Elle a renégocié le contrat avec la crèche derrière le dos de son mari. Ils peuvent le garder jusqu'à 20 h 30. Parfois, après son travail à l'agence, Marie n'a pas envie d'aller chercher son fils. Elle voudrait le laisser pourrir à la garderie. Elle l'abandonnerait là-bas des nuits entières si cela était possible. Laurent a demandé à sa femme si elle voulait bien s'occuper de Thomas pendant ces deux semaines. Il pensait que cela pouvait lui remonter un peu le moral. Elle lui a sèchement répondu que non. Elle a envie de profiter seule de cette pause professionnelle. Il n'a pas insisté. Marie a reçu une dizaine de messages de Roxane. Elle lui demande de tout avouer rapidement à Laurent. Marie ne répond jamais. Elle ne veut pas agir dans la précipitation, sans aucune solution concrète.

Seule dans l'appartement, elle tente de reconstituer toute l'histoire. De sa première rencontre avec Mathilde jusqu'à aujourd'hui. La directrice des Ressources humaines a pris les accusations de la jeune femme très au sérieux, obligeant plus ou moins Marie à lui donner son accord pour accéder à sa boîte mail professionnelle puis à se soumettre à une consultation chez le psychiatre employé par l'entreprise. Il lui a demandé son point de vue sur différentes situations de harcèlement, dans le cadre professionnel et privé, puis de se souvenir de tous les petits détails qui auraient pu lui porter préjudice dans l'affaire. Tout lui a semblé totalement absurde. Mathilde voulait sûrement lui prendre sa place. Le viol dont elle aussi a été victime doit être l'élément déclencheur de toute cette fausse histoire de harcèlement.

Les journées se succèdent sans réel changement. Le matin, elle se lève. Le soir, elle se couche. La vie est une éternité, rien ne bouge, rien ne change. On finit par penser ce que les autres pensent. Marie se rend compte qu'elle fait partie d'une grande entreprise, qu'elle contribue personnellement à faire fonctionner un système qui commence à la trahir. Après son congé maternité qui l'avait rendue inapte à travailler seule, il lui fallait un binôme, un double, une deuxième Marie plus jeune et plus jolie, capable de prendre en charge les dossiers, de maîtriser les logiciels qu'elle ne connaissait plus. Elle était une mère. Une bonne à rien. Un ventre, un vagin, mais depuis longtemps déjà, Marie avait cessé d'être une femme. Assise sur le canapé face à la grande fenêtre ouverte, elle n'imagine plus vivre autre chose ou vivre autrement. Ce quartier qu'elle aimait tant est devenu morne et vide. Comme ces rues de province où personne ne passe jamais. Cela ressemble à ces routes sans fin, sans virages, sans ronds-points, sans possibilité de s'échapper, sans alternative. Des espaces où l'on sait que tout est déjà planifié, que quoi qu'il puisse arriver, et généralement il n'arrive rien, il faut se contraindre à vivre sur cette ligne, se forcer à ne pas la dépasser. Marie fait maintenant partie de ces personnes qui ne pensent plus. Sa vie est pénible, enlisée, mais c'est comme ça. Elle n'apprend maintenant plus rien d'autre que la haine.

« J'ai trouvé ça dans la boîte aux lettres. Qu'est-ce que ça veut dire ? Ta banque t'a obligée à faire une expertise psychiatrique ? » La machine tourne mal, décide soudain et sans aucune raison de livrer des indices en pâture à sa famille et à Laurent. Elle ne va pas céder à la panique. Elle va rester calme, répondre d'un air naturel qu'il ne s'agit là que d'une enquête de routine dans le cadre d'une campagne de santé publique sur le harcèlement au travail. Elle choisit ses mots comme si une personne extérieure les lui avait dictés. Laurent n'insiste pas, mais fait remarquer à sa femme qu'elle a tout à fait le droit de refuser de se soumettre à un tel test au nom du « secret médical ». Marie a envie de rire, mais crispe son visage, serre les poings pour ne pas esquisser un début de sourire. Le secret médical, elle le connaît mieux que personne. Elle termine la conversation en embrassant son mari et en lui faisant promettre de ne plus ouvrir son courrier sans son accord. Le tampon de la banque, c'est toujours pour elle, il vaut mieux que tout soit bien clair.

Chaque lundi, Marie a l'impression qu'elle rentre de vacances pour reprendre le travail. Avant d'arriver à l'agence, elle dépose le petit Thomas à la crèche. Durant son congé maladie, la mère de Laurent a insisté pour s'occuper de lui une semaine entière. Marie a fait croire aux puéricultrices qu'elle était restée seule avec son fils durant ce séjour. Elle ne sait pas pourquoi elle ment. Le mensonge lui fait du bien, la soulage de sa réalité. Marie ne trouve jamais le courage de l'honnêteté directe, elle préfère mentir un peu avant de révéler la vérité par certains petits détails. Rendre un mensonge plausible est une affaire complexe. Il ne faut pas faire d'erreurs d'attention.

La nouvelle directrice de la crèche se présente à Marie : « Je suis Brigitte Renate. Je voulais vous parler ce matin. Avez-vous un peu de temps pour un café ? Seulement cinq minutes. » La grosse femme ne lâche pas sa main, maintient son regard fixé sur elle. Marie sent qu'elle n'a pas le choix et accepte de la suivre. Contrairement aux autres mères, elle n'est jamais allée plus loin que l'entrée. Elle attendait sur le canapé qu'une des responsables de la crèche vienne lui apporter Thomas à l'heure prévue. On lui a proposé plusieurs fois de visiter l'intérieur de la crèche, de rentrer dans la salle de jeu pour voir son fils, mais elle ne pouvait pas. L'odeur lui rappelait trop de mauvais souvenirs : les lingettes désinfectantes utilisées à la maternité, les effluves de lait chaud, le froissement des chaussons en plastique antimicrobes. Dans le couloir, une centaine de dessins d'enfants placardés aux murs côtoient les affiches de campagnes de santé publique sur les vaccins ou les dangers de la grippe pour les nourrissons. Des grands autocollants en forme de marguerites et de nounours ornent les portes. Marie sait que toute la crèche prend plaisir à parler d'elle, de son statut assumé de mère indigne. Elle entend les chuchotements, les rumeurs. Elle voit les visages, les faux sourires.

La directrice de la crèche lui prépare un café dans son bureau. Marie est assise sur une chaise comme si elle s'apprêtait à passer l'oral du concours de la meilleure maman de l'année. Le café lui brûle agréablement les lèvres. Brigitte Renate est une femme imposante, lourde, qui impressionne par sa corpulence. Mais après les premières minutes de conversation, tout s'écroule. La prestance physique est anéantie par la faiblesse morale. Ce large sourire hypocrite trop visible, les mains ridiculement croisées sur le bureau, les yeux plissés qui font remonter la graisse de ses joues sur ses paupières. Cette femme n'a aucune forme de subtilité. Elle n'est pas intelligente et encore moins maligne. Elle ne peut rien contre Marie. « Je suis vraiment désolée, mais je ne suis là que le matin, alors pour les rendez-vous, c'est compliqué. Je voudrais juste faire un peu connaissance avec vous, connaître l'environnement du petit Thomas. Savoir si vous avez des exigences particulières, des besoins, si vous êtes satisfaite. Certaines mères disent que peut-être vous ne vous sentez pas très à l'aise ici… Je veux dire, vous ne devez pas avoir peur de rentrer dans la crèche, vous savez… Nous sommes là pour vous… »

Marie la coupe, lui répond qu'elle est très pressée quand elle arrive ici le soir et qu'elle n'a pas le temps de venir s'allonger sur le tapis de jeux de Thomas ou de s'indigner devant les boules qu'il enfile par erreur dans les trous carrés. Son mari est un grand avocat, il travaille jour et nuit sur ses dossiers. Elle est seule pour s'occuper de Thomas, le laver, le faire manger, le bercer, le coucher. La directrice l'écoute, fait semblant de la comprendre. Elle ne l'exprime pas clairement et c'est peut-être là le pire, sentir chez cette femme une forme de condoléances sincères, ce qui n'est en fait qu'un profond mépris pour ce que Marie représente. Devant son ton sec et presque agressif, la directrice écourte l'entretien et la raccompagne jusqu'à la porte. Elle la remercie de lui avoir accordé un peu de temps et se tient disponible pour elle en cas de besoin. Marie sourit en guise d'approbation. Elle pousse la porte, puis se ravise. « Ah, et c'est bon pour Thomas ? » On lui répond qu'il n'y a pas de problème, il est déjà installé dans la salle d'éveil. Elle multiplie les erreurs.

Marie sait qu'à ce stade, il va falloir arranger les choses. D'abord sa mère, puis sa sœur, Mathilde, la crèche et bientôt Laurent. L'espace du mensonge se referme sur elle. Elle est pétrifiée, désespérée, une tension lente envahit chaque fibre de sa conscience. Elle reconnaît enfin l'excitation d'une vie hors norme.

Marie reconnaît qu'il n'est jamais bon de ne plus faire l'amour avec son mari. C'est difficile, laborieux, mais elle décide de fournir les efforts nécessaires pour lui laisser croire que tout est encore possible. Elle le masturbe lentement tout en le fixant, mais il n'arrive pas à bander. Son sexe mou replié sur sa cuisse la dégoûte. Laurent opte toujours pour la réaction la plus courante chez les hommes, celle qui marche à tous les coups, inspirant la compassion et la pitié chez la partenaire qui se pense toujours coupable de la situation : la victimisation. Isolé au bord du lit, les mains crispées sur les tempes, la tête inclinée, le souffle fort du désespoir, rien dans cette comédie ne lui est épargné. « Je travaille trop, je crois. Cette affaire est en train de me rendre fou. Quand tout sera terminé, on partira en vacances. Tous les trois, loin de tout ça. » Marie se détache du torse de son mari sur lequel elle aime toujours poser la tête le soir avant de s'endormir. Elle sait qu'il subit des pressions depuis plusieurs semaines. Il a reçu au cours de l'instruction de l'affaire Ponce une vingtaine de menaces de mort à son cabinet, dont une dizaine lui étaient directement adressées ; des grands sacs remplis de cervelle de bœuf lui promettant que la prochaine fois ce serait la sienne à l'intérieur, des pieds de cochon envoyés par colis, de fausses langues placées dans des coffrets.

Mais l'instinct de Marie ne lui indique pas seulement la peine d'une déconvenue professionnelle. Elle sent depuis des jours la présence de « l'autre femme ». La maîtresse, la pute, l'infâme, la salope, celle qui démolit, aplatit, défonce les fondations souvent bancales du couple marié. C'est toujours l'odeur qui trahit un homme infidèle. Laurent s'endort rapidement. Marie renifle le corps de son mari, lèche le creux de son cou, scrute ses cheveux, ses mains posées sur l'oreiller, approche ses lèvres des siennes pour sentir son souffle. Rien n'existe plus que dans son imagination. Elle se sent soudain défiée par Laurent. Il la trompe avec Julia, il lui ment lui aussi. Chacun mène sa barque et son secret avec l'agilité dont il est capable. Marie se tourne de l'autre côté du lit. Les parois de son sexe se contractent douloureusement, son bassin bascule légèrement de gauche à droite. Son mari a toujours aimé qu'elle se masturbe durant leurs rapports sexuels. Il veut la voir se caresser seulement pour lui. Marie n'a jamais éprouvé le moindre plaisir à le faire pendant le coït. Sa main était toujours accompagnée de celle de son mari pour l'encourager à masser son sexe. À l'adolescence et encore vierge, sa sexualité lui semblait plus indépendante que celle qu'elle pratique aujourd'hui dans le cadre de son mariage. Comme toutes les jeunes filles de son âge, Marie avait pris l'habitude au moment du bain d'enclencher le pommeau de douche et de l'appuyer quelques minutes sur son sexe. Le jet était trop faible, mais elle plaçait sa main dessus pour créer plus de pression et rendre la projection plus forte. Elle atteignait l'orgasme en permanence, sans aucune aide. Une fois sortie de cet espace solitaire, la vie sexuelle d'une femme, sans grande connaissance de la sexualité à deux ou à plusieurs, se complexifie rapidement. Sous tant de promesses assurées par la puissance érotique de l'acte sexuel entre un homme et une femme, la culpabilité d'un plaisir non atteint est un résultat déprimant. Ce fut une réelle déception pour Marie de s'apercevoir que la première fois et les nombreuses fois suivantes, l'introduction d'un pénis dans son vagin ne lui avait pas procuré autant de plaisir que son pommeau de douche à Bois-le-Roi. La sexualité masculine sans grande promesse, sans originalité, sans envergure, n'avait eu de cesse de la décevoir, de son mariage jusqu'à son viol. Peut-être a-t-elle même éprouvé une forme de compassion pour son violeur qui assumait la violence de l'acte sexuel et acceptait de la pratiquer délibérément sur des femmes innocentes, refusant aussi de se laisser piéger par la routine sexuelle que son mariage lui imposait. Son sexe était dur. Plus dur que son mari ne l'a jamais été pour elle. Elle se souvient l'avoir senti puissamment taper dans son ventre, cogner sauvagement ses reins. Marie regrette parfois de ne pas avoir pu être en communion avec cet homme, de ne pas avoir senti le plaisir approprié à cet assemblage de corps souffrants, l'un frustré, l'autre soumis. Elle aurait pu devenir autre chose que sa victime et lui, un autre homme que son bourreau. Dans cette nuit, elle remue une multitude de réflexions ambiguës, de cogitations immorales, d'introspections malsaines, de notes plaisantes, de renvois et de discernements en tout genre. Les voitures passent à toute vitesse sur le boulevard. Les pneus roulent sans relâche sur la route bétonnée. C'est son corps fier qu'elle sent vibrer à chaque pulsion. C'est son propre visage qu'elle aperçoit couché près d'elle.

Le petit Thomas est tombé malade. Cet enfant a une santé fragile. Il ne supporte plus l'abandon de sa mère. Marie est obligée de rester avec lui à la maison. Elle sacrifie pour lui son seul jour de repos du mois. L'enfant hurle depuis plusieurs minutes dans son lit. Marie s'est enfermée dans sa chambre pour ne plus entendre ses gémissements. Elle prendra sa température au moment de lui donner son lait, comme ça elle fera tout en même temps. Il y aura moins d'étapes, moins de temps à lui consacrer.

Allongée sur son lit, elle cherche son téléphone. Elle est certaine de l'avoir laissé sur sa table de chevet la veille. Elle n'a aucune raison de paniquer. Depuis que sa sœur est au courant de sa situation, elle s'est décidée à effacer la lettre adressée à Laurent sur son ordinateur, elle a changé le code d'accès à son portable et effacé tous les messages compromettants qu'elle a échangés avec Roxane. Les hurlements s'intensifient dans le couloir. Une forte odeur d'urine et d'excréments envahit le salon. Marie passe devant son fils sans un regard, obsédée par l'idée de trouver son téléphone. Elle le voit posé sur le petit comptoir proche de l'entrée. Jamais elle ne l'a laissé à cet endroit. Elle se rappelle très clairement avoir consulté ses mails avant de s'endormir. Laurent fouille, il la guette, tente des choses, transforme à présent ses doutes en actes. L'enfant n'arrête pas de hurler. Marie consent à lui changer sa couche et à lui donner à manger. Il n'y a rien de plus dégoûtant pour elle que de voir son fils boire son biberon. Les odeurs lactées, acides, chaudes et douces lui donnent en permanence la nausée. Depuis la naissance de Thomas, elle n'a plus jamais bu la moindre goutte de lait. Il s'empiffre comme un goinfre. Il n'a pas mangé depuis hier soir.

La négligence réapparaît parfois. Marie s'occupe de lui plusieurs jours durant comme le font les mères normales, une routine s'installe. Mais la semaine suivante, elle le laisse crever de faim, patauger dans ses excréments, prise d'une soudaine envie de les lui faire manger, de le balancer d'un geste sec par la fenêtre, excitée et satisfaite à l'idée de pouvoir enfin le faire disparaître de sa vie. Elle oscille entre l'énergie que nécessite l'entretien de son mensonge et la fatigue insoutenable qui la pousse à vouloir tout arrêter au plus vite.

Après son viol, Marie s'est toujours considérée comme la seule victime de cette mascarade, de ce leurre que le monde entretient au sujet de l'incroyable et enrichissante expérience d'être mère. Malgré la faiblesse de son corps au moment de l'accouchement, Marie n'a pas lutté pour son fils, mais contre lui. Elle n'a pas abandonné entièrement son corps à l'hôpital. Il était inenvisageable pour elle de mourir en lui donnant naissance. Sur la table destinée à le voir naître dans la souffrance, elle s'est engagée à lui en faire payer le prix toute sa vie. S'il avait fallu sauver une personne dans l'histoire, elle se serait naturellement choisie.

La sonnerie de l'interphone retentit. Marie s'est endormie sur le canapé. L'enfant, accroché à sa jambe, mâchouille un bout de son pantalon. Laurent a oublié ses clefs. Il rentre tôt. Elle ne va pas lui parler de l'histoire du téléphone ce soir. Elle préfère attendre de savoir exactement jusqu'à quel point sa suspicion s'est développée ces derniers jours.

Roxane n'entend pas la laisser tranquille, elle s'acharne tel un vautour sur sa proie. Elle attend qu'elle craque. Un bruit sourd retentit dans l'appartement, mais les cris de sa sœur le couvrent. « Qu'est-ce que tu veux au juste ? La vérité sur Thomas ? Tu crois qu'il supportera ! Je te déteste, je ne comprends pas pourquoi tu n'es pas de mon côté ! Ma propre sœur, et tu me trahis ! »

La conversation s'envenime. Les lattes du parquet craquent. Marie hurle de rage, balance le combiné du téléphone contre le mur, puis rappelle sa sœur pour s'excuser. Une porte se referme derrière elle. Marie pleure, supplie Roxane de ne rien dire à sa mère ni à Laurent, lui demande de comprendre sa situation. Le volume des voix diminue, l'intensité se perd. Une deuxième porte claque discrètement. Marie s'arrête de parler, éloigne le téléphone de son oreille. D'un pas lent, elle se dirige vers le couloir pour vérifier que personne n'est entré dans l'appartement. Laurent a un déjeuner d'affaires à midi. Le voisin du dessous doit encore faire des travaux de rénovation.

Julia est une collègue attentive. « Où est le dossier de dépôts n° 8 ? Ne me dis pas que tu l'as encore laissé chez toi. » Laurent doit revenir en voiture à l'appartement avant son déjeuner. Sa femme n'a plus l'habitude de lui rappeler de ne pas oublier ses dossiers. Il sait exactement où se trouve le classeur n° 8 : sur le bord de la fenêtre du salon. Il n'a que quelques minutes pour le prendre, avant de repartir vers le bois de Boulogne pour rejoindre le restaurant où Julia et leur client l'attendent. L'affaire Ponce est dans la dernière ligne droite. Ce divorce très médiatisé va lui assurer non seulement une promotion au sein de son cabinet, mais peut-être aussi la reconnaissance auprès de toutes les hautes institutions de Paris : politiques, médiatiques, juridiques. Il rentre dans l'appartement et entend sa femme au téléphone. Dès ses premiers pas dans le couloir, il est pris d'une angoisse terrible, comme s'il sentait sous ses pieds les premières secousses d'un immense séisme. Les hurlements déchirants de Marie se répandent dans tout l'appartement. Il s'approche lentement de la chambre à coucher. Le téléphone est projeté sur le mur. Un silence de quelques secondes s'installe avant que ne s'élèvent les gémissements de sa femme qui tente de reprendre la conversation avec sa sœur. Il l'entrevoit à travers l'ouverture de la porte, à genoux sur le grand tapis blanc qui entoure le lit. Chacune de ses paroles lui transperce la poitrine. Le goût amer et acide de son café du matin remonte dans sa gorge, imprègne son palais, s'infiltre dans son nez. Il referme la porte délicatement et repart dans le couloir. Il dévale les escaliers, pousse d'un revers d'épaule le concierge qui balaye les marches. Il ne s'excuse pas. Il ne doit plus rien excuser. Il n'y a pas beaucoup de mensonges possibles quand il s'agit d'un homme et de son fils. Thomas lui ressemble.

Le GPS est déjà activé dans la voiture et lui indique le chemin. « En route pour le restaurant La Grande Cascade. » Il n'entend plus la voix automatique, se perd dans le nord de Paris. Il fait demi-tour. Il veut d'abord aller voir son fils à la crèche, mais aujourd'hui, ils ont apparemment prévu une sortie avec les petits. Marie l'informe toujours des détails au dernier moment, avant qu'il ne parte au travail. Sa chemise est tachée d'une sueur âcre, chaque fibre de ses vêtements lui colle à la peau, s'incruste dans sa chair. Son regard erre dans les allées du bois de Boulogne. La route devient floue, la colère brûle son corps comme une longue et douloureuse décharge électrique. Comment sa femme a-t-elle pu le tromper ? Il ne peut croire que Thomas n'est pas son fils. C'est simplement impossible. Encore la semaine dernière, il regardait les photographies avec sa mère, comparant ses traits et ceux de l'enfant. Sa tête s'alourdit, ses mains dérivent sur le volant. La voiture s'immobilise sur le bas-côté. Il sort, tremblant de fièvre et de terreur. Lui, avocat spécialiste des plaidoiries tragiques et intimes, déteste ne pas être suffisamment préparé à affronter les épreuves. Son corps le lâche. Adossé à la portière, il fixe l'horizon lointain du bois qui s'étend devant lui. Quelques promeneurs le regardent de loin d'un air suspicieux. Son téléphone vibre dans sa poche. C'est Julia. Il doit absolument venir au restaurant pour apporter les éléments du dossier qu'il avait oublié. Tout le monde est arrivé, sauf lui. Au bout du dixième appel, toujours avachi au bord de la route, il se décide à répondre. Il est tout près. Seulement un accident sur la route d'accès au bois. Il ment, comme sa femme. Le mensonge pour se défendre, pour ne pas exciter les gens, pour les rendre plus maniables, plus flexibles, pour atteindre la sérénité douce et paisible, le temps d'avoir le courage un jour de tout révéler. Son costume est parsemé de grandes taches de vomi. Heureusement, il en a un autre dans le coffre de sa voiture.

« Oh mais regarde, Thomas, c'est papa aujourd'hui ! » Contrairement à sa femme, Laurent n'a pas hésité à enfiler les chaussons bleus en plastique pour se rendre dans la salle de jeu de la crèche. La directrice est ravie de rencontrer le jeune père du petit Thomas. Ils échangent, discutent des progrès de l'enfant, de son rapport avec les autres, de son sens de l'orientation et de sa capacité à se situer dans l'espace. Quand elle rentre chez elle après la crèche, Marie le laisse seul déambuler dans l'appartement. Il se roule, s'étale sur tous les tapis, bourlingue sur les coussins posés au sol, navigue seul et sans protection entre tous les meubles du salon pendant que sa mère lit dans sa chambre ou est dans la cuisine.

Laurent ne peut s'empêcher de scruter son fils. Ses grands yeux verts rieurs, sa petite bouche rosée qui lui sourit, son minuscule nez qui se tortille de gauche à droite. Il n'est plus certain, les doutes l'accablent. Et si cet enfant n'était pas le sien ? Il faut qu'il en soit certain. Laurent est un homme de droit. Il aime être face à des preuves tangibles, matérielles, réelles. Il n'a jamais imaginé sa vie ailleurs que dans la réalité. Passer ses nuits à potasser des centaines de pages de témoignages, d'inventaires, de comptes rendus de réunions, de listes, de recensements de preuves, de photographies d'adultères ne lui a jamais causé le moindre trouble. Adolescent, il ressentait déjà en lui la puissance des cadres. Pendant que ses camarades de classe commençaient à sortir en discothèque, à boire et à tester toutes sortes de drogues, lui restait coincé dans la crainte des conséquences. Ces lourds rebords qui fomentent la justice et qui ne sont en fin de compte que très peu négociables lui assurent depuis toujours un confort, la certitude que rien ne pourra être totalement abrogé ou déstructuré. Seul le commencement d'une guerre civile serait une raison suffisante pour que Laurent puisse perdre cet équilibre. Il a utilisé le mensonge dans plusieurs affaires, mais cela tenait plus de la stratégie professionnelle.

Il s'écarte avec son enfant dans les bras. Thomas le regarde, puis se détourne vers l'extérieur. Laurent assemble, recompose, associe les événements récents, anciens. Il est tout proche, puis s'éloigne. Certains éléments ne concordent pas avec le reste. Les traits de sa femme à divers moments voilent les scènes quotidiennes d'une ambiguïté insupportable. Le présent et le passé s'enlacent. Mais il n'arrive pas à établir le lien possible. Englué dans ses convictions, il ne décèle pas le drame initial.

Marie a profité de sa soirée libre pour aller chez le coiffeur. « Ça ne te plaît pas ? Tu n'as rien dit. » Laurent lui confirme que c'est très réussi, limite raisonnablement ses compliments. Il n'a pas le courage d'entrer en action. Il préfère étudier le comportement de sa femme avant de prendre une décision.

Marie va préparer des lasagnes ce soir. Tous les légumes frais sont posés sur le comptoir de la cuisine. Avant leur mariage, dans leur ancien appartement, Laurent et Marie adoraient cuisiner ensemble. Serrés l'un contre l'autre, achevant tous deux un plat unique qu'ils dégustaient amoureusement avec une bonne bouteille de vin rouge. Ce sont ces raisons qui poussent encore Laurent à croire en son épouse. Les souvenirs déchus, les passions enterrées, les promesses oubliées. Mais le doute est présent dans l'air irrespirable de ce foyer. Quelque chose s'est brisé, comme quand les premières disputes apparaissent. L'amour est frais et gai. La femme et l'homme s'aiment, font l'amour plusieurs fois par jour, se promettent aussi bien l'éternel que l'impossible. Puis vient le premier hurlement, l'infime geste de départ d'une colère ou d'un jugement. Et lentement la nature impulsive de l'autre se révèle dans tous ses vices et ses travers, l'ensemble s'écaille. Les amants perdent l'énergie des ébats, ne font plus l'amour, se rejettent le plus loin possible l'un de l'autre. C'est ce qu'il se passe pour eux aussi. Laurent soupçonne sa femme, Marie hait son mari de ne rien comprendre, alors qu'elle-même se démène pour camoufler le drame de leur vie. Thomas est attablé avec eux ce soir. Laurent a insisté pour que l'enfant puisse se tenir à la même hauteur qu'eux durant le repas. Tout le monde est réuni. La sonnerie de l'interphone retentit. « Laisse sonner, ça doit être encore un livreur ou un voisin qui a oublié ses clefs. » Laurent ne contredit pas Marie. Quelques minutes plus tard, la sonnerie de la porte d'entrée résonne. Laurent se lève pour aller ouvrir.

À travers les murs fins de la cuisine, Marie reconnaît la voix de sa sœur. Elle est essoufflée, halète dans l'entrée, soutenue par la gentillesse de Laurent qui l'invite à entrer pour partager leur dîner. À chaque pas de Roxane sur le parquet du couloir, les doigts de Marie se crispent sur sa serviette en papier. Elle n'a pas invité sa sœur ce soir. Roxane apparaît à la porte. Marie esquisse un faux sourire face à Laurent. D'habitude, il aurait terminé rapidement son assiette pour laisser les deux femmes discuter entre elles, mais la conversation qu'il a surprise hier l'oblige à rester sur ses gardes. Cette visite impromptue sera peut-être l'occasion pour lui d'enfin connaître la vérité.

Marie engage la discussion sur le cadeau d'anniversaire qu'elle a acheté pour son père. Roxane est visiblement embarrassée. Elle voudrait tout avouer maintenant. Elle se tournerait vers Laurent pour lui raconter ce que sa sœur a fait. Elle n'aura pas le courage de le faire. Le regard de Marie la paralyse. À travers son récit de l'achat du cadeau filtrent l'effroi et la violence d'une femme consciente d'être maintenant pourchassée. Laurent l'observe, mais ne décèle rien. Il aime sa femme. Dans cet espace de turbulences, il lui est impossible de chercher l'erreur. C'est un mari fatigué, épuisé, accablé par le poids des soupçons.

Laurent quitte la table. Marie dissimule avec douleur sa satisfaction. Parfois, elle n'a pas suffisamment conscience des failles de ses proches. Roxane ne pourra jamais dire la vérité à son beau-frère. Elle a trop peur. Laurent, lui, est encore sous son emprise sentimentale. Il ne parviendra à rien. L'enfant ne lui sera d'aucun secours. Son corps n'a parlé qu'une seule fois. Après, Marie a été vigilante sur l'hygiène de son fils, quitte à le langer les yeux fermés ou à le laisser dans le bain sans trop le surveiller. Seule face à sa sœur, elle n'a finalement plus peur de perdre le combat. Les victimes imposent dans certains cas les conditions du déroulement des actions futures. C'est ce qu'elle fait. « Je suis seulement venue te dire que tu avais raison. C'est ton problème. Reste avec ta conscience, mais ne compte plus sur moi pour t'aider dans ton mensonge. C'est fini. » Sa sœur n'a de pitié que pour son fils et pour Laurent. Marie se dit qu'elle a pris la bonne décision en choisissant le silence après son viol. Sa sœur ne lui a même pas demandé l'identité de son violeur. Pas une seule seconde, la question de l'agression sexuelle n'a été directement évoquée avec Roxane. Sa mère n'aurait elle non plus posé aucune question. En découvrant sa propre fille nageant dans sa crasse, elle n'a même pas été capable de lui demander une explication. Les faits étaient suffisants. Les conséquences visibles et irréparables. Tout le monde se meut dans le silence par précaution. Le viol disparaît dans l'actualité. La violence sourde, altérée, remise en cause d'une manière ou d'une autre, s'efface tout simplement à la surface du calvaire et de la mélancolie. Et chacun repart.

Paul ne comprend pas : « Un test ? Tu es certain que c'est ce que tu veux ? Après, tu ne pourras plus faire machine arrière. » Laurent est sûr de lui. Il ne reculera pas. Il explique à Paul ses soupçons à l'égard de sa femme, ses nombreuses réactions étranges depuis la naissance de Thomas, ses petits mensonges quotidiens qu'il a découverts ces derniers jours. Paul est surpris. Il se dit que dans le fond, on ne sait jamais vraiment ce qu'il se passe dans l'intimité d'un couple. Les tensions, les émotions, les infidélités, le rapport à l'enfant – tous ces éléments camouflés, enjolivés, enrobés d'une douce nappe sucrée dissimulent l'amertume incrustée dans l'ensemble.

La nuit dernière, Laurent n'a pas trouvé le sommeil. Allongé près de sa femme, le lit lui semblait si profond, si lourd. Il s'enfonce dans quelque chose dont il ne décèle pas encore exactement les contours, tente de rester à flot, lutte pour comprendre, se remémore différents moments. Sa femme et lui promenant le petit Thomas sur les quais du canal de l'Ourcq. Il se rappelle avoir fixé les touristes marchant, trinquant joyeusement entre amis sur les péniches amarrées, le fleuve plat et verdâtre, les grandes terrasses bondées, inondées de soleil au pied de la Rotonde Stalingrad. C'est comme un arrêt sur image, l'environnement calme se prolonge vers l'horizon. Une sensation de flottement l'enveloppe d'une chaleur moite. Il voit sa femme au loin. Droite, tenant la poussette de Thomas d'une main assurée. Ils se trouvent près de l'eau. Elle bascule la poussette de l'avant vers l'arrière très lentement. Les roues glissent sur les pavés du rebord. Cette estampe de sa femme et de son fils est peut-être sa dernière vision avant le drame. Après, il ne les reverra plus jamais. La poussette est à seulement quelques centimètres de tomber dans l'eau noire du canal. Laurent sent son cœur battre, s'approche lentement de Marie. Elle devine sa présence derrière elle, se retourne. C'est un regard de deuil. Elle voulait le faire, elle était prête à passer à l'acte. Ils ont continué leur promenade sur le quai. Laurent se souvient de cet après-midi-là, de tous ces petits détails qui lui apparaissent maintenant comme d'immenses taches de peinture bleue sur le visage coupable de sa femme.

Paul l'informe des conditions du test de paternité. Ce n'est pas difficile à effectuer. Il existe une multitude de sites proposant aux clients des kits à envoyer par la poste, mais Laurent a préféré se référer à Paul pour être certain de ne pas avoir de mauvaises surprises. Marie n'en saura rien et lui sera épaulé par son ami s'il s'avère que Thomas n'est pas son fils biologique.

Les deux hommes se séparent tristement. Paul est chagriné pour Laurent. Il sait à quel point les liaisons extraconjugales peuvent créer d'importants drames. Quelques années après son mariage, il avait rencontré une infirmière à l'hôpital pendant une garde de nuit. Ils se retrouvaient fréquemment sur leur lieu de travail, avaient des rapports sexuels passionnés à l'intérieur même des locaux, et le soir Paul rentrait chez lui avec la satisfaction d'une vie professionnelle et personnelle intense et riche. Mais l'infirmière avait fini par en vouloir plus. Plus de rendez-vous, plus de sorties, plus de dîners et de week-ends ensemble. Elle harcelait Paul de messages d'insultes, de menaces, d'ultimatums, de déclarations d'amour. Sophia avait fini par tout découvrir. Paul l'avait suppliée de lui pardonner, juré que plus jamais cela ne se reproduirait. Sophia avait pardonné à Paul. Elle avait même rencontré la jeune femme désespérée pour lui demander d'arrêter de harceler son mari.

Face à l'infidélité d'un homme, la femme se tient souvent fermement dans la honte. Laurent a aussi été tenté par Julia. Un soir après le travail, elle lui a proposé de prendre un dernier verre chez elle pour fêter l'avancement du dossier Ponce. Laurent a hésité. Son esprit commençait déjà à se torturer, à peser le pour et le contre, à évaluer le niveau de bien ou de mal dans ce qu'il s'apprêtait à faire. Il a refusé. Il en avait très envie, mais les conséquences étaient trop lourdes. Il voulait éviter d'avoir des problèmes avec Marie et rester confortablement installé dans son foyer, entouré des siens, sans prendre le moindre risque de tout perdre.

Laurent a pris l'habitude de venir chercher Thomas à la crèche le soir. Marie est ravie d'avoir plus de temps pour elle à la fin de la journée. Cette fois-ci, elle a décidé de sortir au cinéma avec Sophia et de profiter de ses quelques rares moments de tranquillité. C'est l'occasion pour Laurent d'agir. Paul lui a fourni un petit sac dans lequel se trouve tout le nécessaire pour effectuer le test de paternité : des gants en latex, quatre longs cotons-tiges, deux tubes en plastique, une grande pochette transparente contenant le mode d'emploi. Thomas est silencieux. Laurent regarde son fils dans le reflet de la vitre arrière. Il doute. Même si Thomas n'est pas son fils, il aime cet enfant comme si c'était le sien. Un automobiliste le klaxonne. Laurent rentre vite à l'appartement et installe son fils dans la salle de bains. Il déchire les emballages. Thomas tourne le visage dans tous les sens. Le long coton peine à s'insérer dans la bouche de l'enfant qui refuse d'ouvrir les lèvres. Dans le miroir,

Laurent se voit. Les mains gantées, tenant précautionneusement les deux longs cotons-tiges qu'il introduit dans les échantillons avant de refermer le sachet hermétique. Il espère que Thomas ne se rappellera jamais ce moment. Que l'enfant oubliera tous les doutes qui pèsent sur sa tête. Avant le retour de Marie, il a le temps de déposer le test directement au cabinet de Paul. Il ne veut pas courir de risques inutiles en le conservant chez lui. Paul lui a donné un délai d'environ trois jours. L'hôpital le préviendra quand les résultats seront prêts.

Laurent est soulagé. Il a réussi à aller jusqu'au bout. Seul son fils pourrait le faire douter de sa décision. Mais d'un simple regard, l'enfant semble lui donner son accord.

C'est l'anniversaire du père de Marie. Comme chaque année, toute la famille se réunit à Bois-le-Roi pour les festivités. Irène a préparé une table somptueusement décorée et un repas délicieux qui se terminera par un grand gâteau qu'elle a commandé deux semaines à l'avance chez le pâtissier.

Depuis sa visite impromptue à l'appartement, Roxane n'a plus adressé la parole à sa sœur. Sa mère pense qu'il ne s'agit là que d'une dispute habituelle entre les deux femmes au sujet des enfants ou du travail. Roxane baisse les yeux à chaque passage de Marie.

Laurent tient Thomas sur ses genoux et le fait sautiller sur le canapé. Il a envie d'être gai aujourd'hui avant que ne surgisse le drame. Si le test est négatif, il ne parvient pas à imaginer l'avenir. Un futur sans Marie, sans son fils, sans cette famille aimante et chaleureuse de Bois-le-Roi. Un futur fait seulement de rien. Errant seul dans les locaux de son cabinet, noyé dans le travail et le chagrin, il deviendrait un homme perdu. Un homme sans rien. Laurent n'a jamais veillé à conserver une part de lucidité sur son couple. Ce quotidien, largement représenté par de petites disputes innocentes au sujet du dentifrice mal refermé ou du rouleau de papier. toilette vide encore accroché, ne le dérangeait pas. Le danger vient essentiellement de l'anesthésie agréable que procure le confort des habitudes. Mais, un homme sans habitudes se perd. Peut-être Laurent ne dira-t-il pas la vérité à sa femme.

Marie apporte deux plats d'œufs mimosa que sa mère a joliment dressés en quinconce. Le reste du repas est gargantuesque. Une femme qui cuisine aussi longtemps toute seule n'est généralement pas une femme très heureuse, dans la plupart des cas, c'est surtout un moyen d'oublier le reste. Marie ne lutte plus. Assise face à sa sœur et son mari, elle se dit qu'elle a enfin remporté la victoire. Tout se remet parfaitement en place. Irène demande à toute la famille de s'installer à table. Roxane prend soin de s'asseoir le plus loin possible de Marie.

Laurent se sent dans une situation privilégiée. « Alors, Laurent ! Parle-nous un peu de ton affaire ! Où ça en est ? » Selon Laurent, l'importante médiatisation dont bénéficie le dossier Ponce ces derniers jours est exagérée. Il n'est question que d'une affaire de divorce. « Oui, mais il y a le viol de cette fille aussi. » Un silence s'installe. Roxane n'a pas pu s'empêcher de parler. C'était plus fort qu'elle. Marie la fixe de l'autre côté de la table en souriant d'un air réprobateur. Elle la déteste profondément. Ne comprend pas pourquoi cette sœur autrefois aimante et compréhensive s'acharne à lui faire autant de mal aujourd'hui. Elle a besoin d'air, s'excuse et quitte la table.

Adolescente, elle passait des après-midi entiers dans le jardin d'hiver à lire et à rêver. Elle ne se plaignait jamais, mais ressentait parfois le lourd fardeau de ceux qui n'ont rien vécu d'exceptionnel. Aucune souffrance, aucun problème familial, matériel, affectif. Aucune maladie et aucune mort. Elle a évolué dans cette famille unie et saine lui apportant les valeurs qu'elle-même allait enseigner à ses enfants. Il n'y a jamais eu d'obstacles dans sa vie avant son viol. Elle sait qu'une femme ayant connu la misère et la débauche, la faim et la mort, la haine et la violence quotidiennes n'aurait peut-être pas réagi de la même manière. Elle aurait eu le courage de dénoncer cet acte, de fuir et d'avorter. Elle n'aurait pas tout dissimulé derrière les apparences. Ce constat donne la nausée à Marie. Quand Laurent rentre tard le soir, il lui arrive de consulter des forums. Des sites où des témoignages de femmes battues, violées, agressées sexuellement sont publiés chaque jour. Marie n'a jamais participé à ces conversations entre femmes. Même sous couvert d'anonymat, elle n'y est pas parvenue. Certaines d'entre elles ont gardé l'enfant de leur violeur. Elles en parlent. L'enfant peut même parfois voir son père librement sans qu'aucun jugement ne vienne altérer ces visites. On normalise les situations pour les rendre moins lourdes. Marie pourrait en parler. Mais les conséquences seraient désastreuses sur son couple, sa famille, son travail. Elle perdrait tout. Son directeur est un violeur de femmes, mais aussi un époux discret et sensible, un père attentif à l'éducation de ses deux filles, un responsable d'entité bancaire affichant d'excellents résultats commerciaux. Lorsqu'elle est sortie de la voiture, il l'a menacée de ruiner son couple et sa carrière si elle parlait. L'enfant, lui, parlera un jour. Marie avouera à Thomas toute son histoire. Le coupable ne sera certainement pas puni. L'affaire sera classée. Marie sort de ses réflexions. Un téléphone vibre sur la table de la véranda sur laquelle ils ont pris l'apéritif. Elle reconnaît le portable de son mari. Il l'a laissé sur la table. Elle s'approche pour le saisir et lui rapporter. Un long message éclaire l'écran d'accueil. Il s'agit d'un mail. Sans accès au code du téléphone, Marie ne peut que lire le début. « Monsieur, les résultats du test de paternité que vous avez effectué le 16 juin 2014 au laboratoire de l'hôpital universitaire de la Pitié-Salpêtrière seront disponibles jeudi 19 juin 2014 à partir… » Sa respiration se coupe. La réalité se tord. Sa main tremble sur le téléphone. Marie finit par le poser sur la table. Elle est sidérée. Comment a-t-il pu faire ce test derrière son dos ? Elle pense à sa sœur, à sa mère. Elle a seulement quelques inquiétudes. Son directeur. Il l'a vu. Il sait tout. Marie se précipite sur le téléphone de Laurent. Elle ne parvient pas à le déverrouiller, tente plusieurs combinaisons de code. Sans succès. De loin, elle entend les rires de son mari. Elle se rapproche discrètement de la salle à manger pour épier les visages familiers de ceux qu'elle soupçonne d'être les coupables. Thomas est installé sur sa chaise haute. Comme à son habitude, sa grand-mère lui a donné un jouet sucré pour qu'il puisse faire ses dents. Laurent s'amuse à lui retirer le jouet de la bouche puis lui rend avec tendresse en lui couvrant le visage de baisers. Roxane est murée dans le silence. Sa mère lui parle, mais elle ne l'écoute pas. Son mari Julien doit s'intéresser à la conversation de sa belle-mère pour répondre à la place de sa femme. Seul le père de Marie semble serein. Entouré de sa famille, il fête son soixante-dixième anniversaire. Il n'a plus de soucis à gérer. Sa vie est calme, paisible et secrète. Une immense vague d'angoisse parcourt le corps de Marie. Laurent va bientôt connaître la vérité. Il n'aura pas la même réaction que Roxane. Le silence ne sera pas une solution pour lui. Il prendra des décisions. La foutra à la porte avec quelques affaires, préviendra sa famille, ses amis, ses collègues, ira jusqu'à la faire enfermer de force dans une unité psychiatrique par un ami de Paul. Paul. Elle l'avait oublié. Est-ce lui le responsable ? A-t-il eu des doutes sur les réactions ou agissements de Marie que Laurent lui aurait rapportés ? Elle va appeler Sophia. Demain. Non, après le déjeuner. Le plus vite sera le mieux.

Son esprit se brouille. Elle perd l'équilibre. Un vase posé sur le rebord de la fenêtre se brise sous ses pieds. Sa mère l'appelle de loin : « Marie ? Tout va bien ? » Elle ramasse les petits morceaux éparpillés sur le sol. Des larmes coulent sur ses joues. Sa mère se précipite vers elle. « Mais arrête ! Arrête ! Je vais chercher le balai. Ne touche pas, c'est coupant ! » Le corps de Marie bascule légèrement en arrière. Laurent la regarde de loin. Il porte Thomas dans ses bras. Marie l'observe un instant. Une douleur la distrait, mais elle ne peut détourner le regard de son mari. Elle voudrait le supplier d'arrêter. Le sol est parsemé de grandes gouttes de sang. Sa paume est entaillée de haut en bas. Les débris de verre enfoncés dans sa chair ressortent partiellement. Son mari dépose hâtivement Thomas dans sa poussette et accourt vers Marie. « Mais qu'est-ce que tu as fait ? Viens, il faut désinfecter. » Un long filet de sang s'échappe sur le carrelage blanc du salon. En passant dans la pièce, Marie aperçoit Roxane assise à table. Elle termine sa part de gâteau. Il lui semble avoir distingué un léger sourire. Son mari la presse. Il ouvre tous les tiroirs de la salle de bains pour trouver des compresses. Irène apparaît. « Tout va bien ? Tu penses qu'il faut appeler un médecin ? Ça a l'air profond quand même. » Laurent lui répond qu'il est capable de s'en charger. Irène repart nettoyer les débris sous la véranda. À l'aide d'une pince à épiler, Laurent tente d'extraire délicatement les plus gros morceaux de verre. Elle hurle de douleur. Peut-être se dit-il qu'elle le mérite. Elle aurait préféré avaler le verre pour qu'il ne reste plus rien de la parole. Piler correctement tous ces éclats tranchants et les enfoncer par grands paquets dans son corps. Elle serait inondée de verre.

Laurent ne réagit pas à ses cris. Marie le fixe longtemps. Il arrache par grands coups secs les petits fragments brillants. Sa main ressemble à une carte des tissus musculaires. Une centaine de possibilités traversent son esprit malade. Les deux époux se réfugient dans le silence.

Avant de définitivement baisser la tête, elle lui demande : « As-tu aimé le repas ? »

Les nuits de Marie sont interminables. Il ne reste plus qu'un seul jour avant que Laurent ne découvre la vérité. Chaque pensée devient une épreuve. Elle cherche la solution efficace. La veille, elle a passé la nuit sur des forums Internet pour trouver le moyen d'en finir. En vain. Elle est épuisée. Son corps ne ressent rien d'autre que la fatigue et la tristesse. Voir l'enfant tous les jours est le plus insupportable pour elle. Elle veut qu'il disparaisse de sa vie. Laurent devient de plus en plus suspicieux envers elle. Elle l'a surpris un soir en train de fouiller dans son portable et dans les poches de son manteau. Ils évitent de se croiser dans l'appartement, tentent de dissimuler le mieux possible leur gêne.

À l'agence, Marie n'arrive plus à gérer ses dossiers, ses collègues lui tournent le dos après l'affaire de harcèlement dont elle a été accusée, son sens du relationnel décline. Elle n'arrive plus à subir. Une fois sortie de l'agence, encore ces femmes à poussette, ces enfants qui jouent, ces couples qui se tiennent la main dans la rue. Tous ces petits détails la révulsent jusqu'à la nausée. L'angoisse la tenaille. Plus qu'un seul jour. Un seul jour. C'est très court. L'immense océan du mensonge se referme sur elle. Quand tout le monde apprendra son viol, elle ne pourra plus jamais mener une vie normale. Jugée, calomniée pour son silence, humiliée par son entourage. Il faut que tout disparaisse rapidement. Les preuves, les faits, les conséquences, les émotions, les corps. Les corps. Elle doit arrêter l'histoire elle-même. Personne ne le fera à sa place. La terrasse est bondée. Marie presse ses cuisses, son ventre, ses seins. Elle réfléchit à la teneur du corps, à la façon dont il peut réagir. Elle se sent prête à tout résoudre. La vie ne lui apporte qu'une soumission totale, une longue déchéance dont elle ne parviendra jamais à se remettre. Les solutions sont épuisées depuis longtemps déjà. Quand elle est sortie de cette voiture, elle a senti qu'une partie de sa raison l'avait quittée. Elle n'arrivait plus à reconstituer les faits, à reprendre le fil cohérent de sa vie, l'annonce de sa grossesse a terminé le travail. Thomas, l'enfant qui a précipité sa chute. Chacun de ses hurlements mérite la mort, mais ne provoque chez elle qu'une profonde exaspération à ne rien pouvoir faire. Dans quelques heures, elle pourra enfin prendre une décision efficace.

Une femme assise près d'elle se plaint de maux de ventre. « Je crois que je vais avoir mes règles. C'est toujours pareil. » Son amie sort de son sac un petit sachet blanc et rouge et lui conseille de prendre ce médicament pour soulager ses douleurs. Elle déchire le sachet d'un coup sec et verse le contenu dans son verre. La poudre se dilue dans l'eau, formant de petites bulles blanches à la surface. La femme va déjà mieux. Thomas ira encore mieux. Elle sourit en avalant l'étrange mixture colorée et repose le verre fermement sur la table. Laurent pose toujours son verre de cette façon, comme un grand coup de poing. Les destins se dessinent. Marie réfléchit au sort de ses proches sans lutter contre les terribles idées qui lui traversent l'esprit. Elle se dit qu'il s'agit simplement de la fin logique de l'histoire.

Elle ne reviendra plus jamais à l'agence. Cet après-midi, Marie prétexte qu'elle ne se sent pas très bien, un peu de fièvre. La directrice lui a donné l'autorisation de rentrer chez elle. En quittant pour la dernière fois l'agence de la place de la République, une immense vague de soulagement la parcourt. Ces longues années au sein de cette entreprise ne lui ont jamais assuré une réelle reconnaissance. Elle participait uniquement au fonctionnement d'un tout. Elle n'y pense plus. L'avenir n'existe plus. Les projets, l'angoisse des jours qui se suivent, l'organisation des vacances, des après-midi à Bois-le-Roi, les potentielles disputes, plus rien n'a d'importance. Les portes du métro se referment dans une longue sonnerie. Les wagons empestent la crasse et la pisse. Elle ne les sentira plus. Un homme fixe Marie depuis l'autre quai. Il ne sait pas où elle va et ce qu'elle s'apprête à faire dans quelques heures. Il ne reconnaît ni sa souffrance ni sa satisfaction. C'est un acte prémédité.

Ce matin, Marie a pris soin de retrouver plusieurs ordonnances que Paul lui avait données après l'accouchement de Thomas pour supporter la pression et la fatigue. Deux boîtes de Zopiclone pour retrouver le sommeil, deux boîtes de Lexomil pour calmer ses angoisses, associés à différents médicaments plus doux, mais qui n'avaient pas fonctionné. Marie n'a jamais aimé prendre ces médicaments. Souvent, ils la plongeaient dans un état désagréable de bonheur mêlé de profonde angoisse. Elle ressentait les deux états en même temps : la sensation d'être parfaitement en adéquation avec sa situation tout en sentant les effets totalement factices que les anxiolytiques produisent sur les patients dépressifs. Trois ou quatre ordonnances sont vierges de tout tampon pharmaceutique, mais plus valables depuis longtemps. Il n'a fallu que quelques heures à Marie pour falsifier la date de prescription à l'aide d'un logiciel de retouche. Laurent s'est toujours plus ou moins opposé à ce qu'elle prenne ces médicaments. Elle n'avait pas eu le courage d'insister et avait simplement rangé les ordonnances dans ses affaires en attendant le jour où elles lui seraient utiles.

Le XVe est un quartier neutre. Personne ne se promène dans le quartier de Boucicaut. À la sortie du métro, Marie se dirige sur la grande avenue Félix-Faure. Le changement d'environnement la déstabilise. La première pharmacie qui borde l'avenue lui inspire confiance. Elle est grande et bondée. Elle n'a aucune difficulté à retirer les médicaments. Dans la précipitation et le stress du service, aucun des employés ne remarque la falsification de la date de prescription. Après quelques conseils sur la fréquence des prises et les conséquences fatales d'un mélange avec de l'alcool, les deux petites boîtes d'anxiolytiques lui sont soigneusement emballées dans un sachet. Elle repart de l'autre côté de l'avenue pour rejoindre une deuxième pharmacie. Trois boîtes de somnifères lui sont délivrées. C'est un véritable parcours médical. Aucun pharmacien ne remarque la date des tampons. Elle peut renouveler les ordonnances deux fois. En reprenant le métro, assise sur un strapontin, elle tient dans ses mains l'équivalent de dix boîtes de médicaments en tout genre. Elle s'arrête à la station Saint-Lazare pour se rendre dans le grand magasin de bricolage et de jardinage qu'elle a repéré sur Internet. Il est 2 heures de l'après-midi. L'espace immense est parsemé de clients se promenant dans les grandes allées. Les vendeurs se pressent de part et d'autre du magasin. Marie ne veut pas perdre de temps. « Bonjour. Je voudrais de l'antigel pour les radiateurs de voiture. » Troisième rayon à gauche. Le produit est dans son panier. Elle cherche du regard un deuxième vendeur. Un jeune blond conseille un client sur l'efficacité d'un ensemble de joints en plastique pour salle de bains. Elle attend un instant qu'il termine avant de l'aborder : « Bonjour, je cherche de la mort-aux-rats. » Elle sent l'excitation et l'angoisse quand elle entend ses propres mots sortir de sa bouche. Il la fixe un instant. Marie est déstabilisée par ces quelques secondes de silence. A-t-il compris ses intentions ? « C'est pour quel type de rongeurs ? Vous habitez une maison ? » Ces questions la surprennent. Jusque-là elle n'a rencontré aucun obstacle. Marie explique que ce n'est pas pour elle, mais pour ses parents. Ils habitent une grande propriété en province et ils ont découvert dans leur grenier une dizaine de rats installés dans leurs affaires. Le vendeur lui sourit, acquiesce poliment et la conduit jusqu'au rayon pour lui donner le produit. Il lui fournit quelques informations sur la dangerosité de la mort-aux-rats par ingestion. Elle le remercie chaleureusement pour toutes ces recommandations et se dirige vers les caisses pour payer.

Il est maintenant 3 heures de l'après-midi. Marie est seulement soulagée. Elle déballe sur la table ses achats de la journée. Elle va cuisiner le reste de l'après-midi jusqu'au soir : un osso buco pour le plat principal, une mousse au chocolat et une compote de pommes pour Thomas. Elle aura le temps de tout préparer avant l'arrivée de Laurent. Elle n'éprouve plus aucune angoisse. La nuit dernière, Marie a parcouru des dizaines de sites Internet pour connaître les effets de chaque mélange.

Elle a lu des centaines de notices de produits toxiques. L'antigel et la mort-aux-rats seront les plus efficaces compte tenu du poids de Thomas et du sien. Pour Laurent, la tâche est plus complexe. Il est plus grand et plus lourd. Les somnifères feront effet immédiatement mais le poison mettra sûrement plus de temps à agir. Marie compte sur l'absence d'assistance médicale pendant plusieurs heures à partir de son ingestion pour l'aider dans sa tâche.

Elle a hérité de sa grand-mère un mortier en marbre. Elle ne l'a jamais utilisé de peur de l'abîmer. Chaque plaquette compte quatorze comprimés. Il lui reste plusieurs boîtes à peine entamées. Somnifères, anxiolytiques, divers médicaments antiallergiques, quelques gouttes d'antigel et granules de mort-aux-rats. Le bol déborde de poudre pâteuse. Marie se réserve deux plaquettes entières pour elle avant de commencer à tailler les légumes en dés pour la préparation de l'osso buco. C'est un plat légèrement sucré, idéal pour diluer l'antigel et le mélange de médicaments sans que Laurent le remarque. Thomas mourra très rapidement. Quelques cuillères de compote. Le bruit du couteau sur la planche en bois résonne dans la pièce. Seule au centre du drame, elle sait qu'elle prend la bonne décision. Marie a posé le livre de recettes de sa mère face à elle pour être certaine de n'oublier aucune étape. Les tomates réduisent lentement dans la casserole. Le beurre commence à dorer les morceaux de viande dans la grande cocotte en fonte qu'elle aime tant utiliser. Ce n'est pas un crime de reprendre ce que l'on a mis au monde. Aujourd'hui, Marie a l'occasion de rectifier ce qu'elle considère encore comme sa propre erreur. Cette petite famille n'existera bientôt plus. Laurent ne souffrira jamais de la vérité. Elle reprend la vie à la vie et personne ne la jugera.

L'osso buco doit mijoter à feu très doux pendant encore une heure avant d'être servi. Marie est allée chercher Thomas à la crèche. Laurent n'est pas encore rentré à la maison. Tous les mélanges sont prêts. Il faut seulement qu'elle procède dans le bon ordre. Thomas sera le premier à succomber. Son petit corps ne supportera pas plus de trois minutes le mélange dans son estomac. Marie pense que si elle lui donnait sa compote avant de servir le plat à son mari, ce serait une grande erreur. Laurent, sur qui les médicaments mettront plus longtemps à agir, remarquerait immédiatement quelque chose de suspect chez son fils. Le plan échouerait. Elle a prévu pour Thomas un plat principal à base de poulet et d'épinards sans poison. Il ne faut pas qu'il mange beaucoup sinon il n'aura plus faim pour son dessert. Les chiffres s'alignent, les portions se dessinent, tout est calculé, mesuré, quantifié dans son esprit. Marie a toujours été une femme de logique. Quand elle se lançait dans un projet, elle mettait un soin infini à peaufiner tous les minuscules détails auxquels personne n'avait pensé avant elle.

Laurent l'appelle. Il lui demande de ne pas l'attendre pour le dîner, il a beaucoup de retard sur ses dossiers. Marie tente de dissimuler sa panique tout en restant ferme avec son mari : « Écoute, j'ai cuisiné pendant des heures pour préparer un bon repas pour nous tous. J'ai besoin de ce moment maintenant. Thomas et moi, nous t'attendrons jusqu'à minuit s'il le faut. Mais reviens à la maison tôt pour une fois. S'il te plaît… » Marie connaît les arguments efficaces pour convaincre Laurent : l'abandon de sa famille, la culpabilité de ne pas passer suffisamment de temps avec son fils, le plat que sa femme a cuisiné pour lui avec amour. La famille pour toujours.

Laurent a menti en partie à sa femme. Il a prévu d'aller boire un verre avec Julia après le travail. Il a besoin de se détendre loin de Marie et Thomas avant de recevoir les nouvelles du laboratoire ou de Paul. L'angoisse des résultats du test le tenaille depuis trois jours. Il lui faut du courage pour rentrer chez lui et attendre en présence de sa famille l'issue de sa propre histoire d'homme et de père. Paul lui a envoyé un message pour l'informer qu'il passerait au laboratoire en fin de journée pour chercher les résultats lui-même, il les lui transmettra directement. Laurent est soulagé. Il va rentrer tôt, profiter peut-être des derniers instants de calme.

Marie porte la robe que Laurent lui a achetée pour son dernier anniversaire. Elle l'avait vue dans la vitrine d'un grand magasin alors qu'ils se promenaient avec Thomas sur le boulevard Haussmann. Il faisait très froid. La neige avait recouvert une partie des voitures et laissé sur les trottoirs une épaisse pâte noirâtre dans laquelle tout le monde pataugeait. Elle se souvient de sa joie quand elle a ouvert le grand paquet-cadeau. Cette robe sublime qu'il s'était rappelée pour elle. Marie ne supportera pas que tous ses souvenirs soient anéantis, tachés, troués par l'abominable vérité. L'idée de la mort est plus agréable pour elle. Avec ce mélange de médicaments et de poison, il s'endormira sans douleur. Il ne la touchera plus. Ce sera comme un long sommeil familier pour tout oublier et se retrouver ailleurs, dans un endroit éloigné de tous les tourments réels.

Il est 18 h 30 quand Marie entend les premiers bruits dans la serrure. Il a fait un grand effort. Il rentre très tôt aujourd'hui pour profiter de ce repas en famille. Les gestes restent les mêmes. Les clefs posées sur le petit buffet, la porte encore ouverte, les chaussures au sol, le manteau accroché à la patère de droite, la porte qui claque, le prénom de Marie qui résonne jusque dans la cuisine. C'est la dernière fois.

« À table ! »

La journée lui a semblé interminable. En fermant la porte de son cabinet, Paul se rappelle sa dernière discussion avec son meilleur ami Laurent. Ce soir, et quelle qu'en soit l'issue, ce sera à lui d'annoncer les résultats du test de paternité. Tous les internes courent encore dans les couloirs, les bras chargés de dossiers. L'hôpital de la Salpêtrière est un des rares endroits qui ne s'éteigne jamais, ouvert vingt-quatre heures sur vingt-quatre, accueillant chaque jour des milliers de personnes. De l'étudiant en médecine aux grands malades, des spécialistes aux simples observateurs, des médecins aux chercheurs, l'ensemble réparti dans les immenses bâtiments du campus. Au début de sa carrière, Paul se rappelle avoir mis des mois à se repérer dans les différents étages du service de gynécologie. Aujourd'hui, il se sent chez lui. Le chemin pour aller chercher les résultats de Laurent, il pourrait le faire les yeux fermés. « Salut, Guy ! Il me faudrait les résultats du test 89097034. » Le secrétaire, âgé d'une cinquantaine d'années, pianote sur son ordinateur pour savoir où les trouver. Ils ne sont pas ici. Le service a décidé de déplacer une partie du laboratoire dans une autre annexe, extérieure au service de gynécologie. Paul s'énerve. Il ne comprend pas pourquoi les médecins sont toujours les derniers à recevoir les informations pratiques.

Il est 20 h 45. Paul doit parcourir le chemin inverse, sortir du bâtiment pour se diriger vers l'aile ouest. Il sait que Laurent attend les résultats avec angoisse. Il s'en veut d'être déjà un peu en retard et préfère le prévenir par SMS. En cherchant dans ses poches, il s'aperçoit qu'il a laissé son portable sur son bureau. Il presse le pas dans les couloirs de l'hôpital, ne prenant même pas la peine de saluer ses collègues sur son passage. Une jeune femme lui remet enfin l'enveloppe contenant les résultats du test. Il sait qu'il n'y a pas de doutes possibles. Paul ne l'ouvre pas immédiatement, il préfère récupérer d'abord son téléphone pour appeler au plus vite Laurent.

Il est 21 h 15. Les horloges du couloir indiquent l'heure précise, à la seconde près. Paul est en sueur. Angoissé de découvrir le verdict, il sent son cœur frapper à grands coups dans sa poitrine. Son rythme cardiaque s'accélère, sa tension augmente, ses mains deviennent moites, se glacent sur l'enveloppe. Enfin arrivé à son cabinet, Paul saisit son téléphone. Laurent l'a appelé deux fois sans laisser de message. Une fois à 20 h 30 et une seconde fois à 20 h 45.

Paul s'assoit un instant à son bureau. Il ouvre l'enveloppe, déplie les deux feuillets. Il n'a pas besoin de chercher longtemps le numéro de son ami. Laurent et lui s'appellent souvent. Il le rappelle. Plusieurs sonneries sans réponse. Paul insiste trois fois. Les trois appels restent sans réponse. Il décide de laisser un message :

« Laurent, c'est Paul. Écoute, j'ai les résultats. Il n'y a aucun doute, le test est positif à 99 %. Tu es bien le père de Thomas. »

Composition : IGS-CP
Impression : CPI Bussière en juin 2018
Éditions Albin Michel
22, rue Huyghens, 75014 Paris
www.albin-michel.fr
ISBN : 978-2-226-43779-2
N° d'édition : 23195/01 – N° d'impression : 2036704
Dépôt légal : août 2018
Imprimé en France